梵·朵

赵/红/亮/诗/集

赵红亮 著

金城出版社
GOLD WALL PRESS
·北京·

图书在版编目（CIP）数据

梵·朵 / 赵红亮著 .—北京：金城出版社有限公司，2020.6
ISBN 978-7-5155-1992-0

Ⅰ. ①梵… Ⅱ. ①赵… Ⅲ. ①诗集 – 中国 – 当代 Ⅳ. ① I227

中国版本图书馆 CIP 数据核字（2020）第 005784 号

梵·朵
FANDUO

作　　者　赵红亮
责任编辑　李晓凌
责任校对　李凯丽
责任印制　李仕杰
开　　本　880 毫米 × 1230 毫米 1/32
印　　张　9
字　　数　166 千字
版　　次　2020 年 6 月第 1 版
印　　次　2020 年 6 月第 1 次印刷
印　　刷　天津旭丰源印刷有限公司
书　　号　ISBN 978-7-5155-1992-0
定　　价　58.00 元

出版发行　**金城出版社有限公司**　北京市朝阳区利泽东二路3号　邮编：100102
发 行 部　(010) 84254364
编 辑 部　(010) 64271423
交流邮箱　jinchenglxl@sina.com
总 编 室　(010) 64228516
网　　址　http://www.jccb.com.cn
电子邮箱　jinchengchuban@163.com
法律顾问　北京市安理律师事务所　(电话)18911105819

序 1

诗在心中留，路自脚下始

因为机缘巧合，和红亮兄认识并一见如故，相谈甚欢，加上老乡之谊出身相仿，人生观、价值观颇为一致。红亮兄抬爱，嘱我为其新出诗集作序，本觉诚惶诚恐，然红亮兄有言，他的诗集作序者从不追求名声地位，但求同好者共赏析，这就使我大为释然了。加之上次与红亮切磋讨论也有不少未尽兴之处，借此良机，记录下自己的一些心得。

从人生经历角度而言，红亮兄与我有不少不同之处：他是北大高材，纵横法律界；我则不然，无论在学业上还是在工作上总是跌跌撞撞、磕磕碰碰，从来没有太顺过，仗着一点点运气，每次也能涉险过关，好歹也算在一线城市混了个温饱。

但我与红亮兄在精神层面又有着绝大的相似之处：既保留了几分读书人的气息，又有着走遍天下的驴友精神，所谓诗和远方想兼得！

近期有部热播剧《清平乐》，讲的是宋仁宗年间的故事，当剧中人物一一出现时，很多人惊呼，这妥妥地就是行走的语文课本啊！晏殊父子、苏门三杰、欧阳修、范仲淹、司马光、王安石，哪一个单拎出来都足以震古烁今。作为中国文化的巅峰，诗歌群星璀璨，大宋贡献了太多太多的文化巨匠。

由此我想到和红亮兄讨论的一个问题，从古至今，什么才是最具影响力和穿透力的？我们一致认为，是文化，是诗歌！有道是，歌以抒情，诗以咏志。诗歌作为中华传统文化的一个重要载体，赋予了中华文明外在的灵动性和内在的坚韧性，使中华文化具有了强大的生命力和传承力，历经几千年而生生不息。

好在我们有诗歌传世，伴随着一代又一代人的成长。从《诗经》到《离骚》，从大风歌到归园田居，从唐诗到宋词，从初唐四杰到八大家，从婉约派到豪放派，从唐后主到宋徽宗，从柳咏、李清照到苏轼、岳飞、辛弃疾，中国的诗歌给了不同年代不同阶层人民抒情咏志的机会，给了我们这些后代子孙管窥先人生活的鲜活视角。我们从开始学语就会背“鹅，鹅，鹅，曲项向天歌”；进入青春年少春心萌动时会想到“窈窕淑女，君子好逑”；而人生失意时会想到“此情可待成追忆？只是当时已惘然”；身处异乡思念亲人时自然会想起“但愿人长久，千里共婵娟”。可以说，诗歌因其来源多样，形式灵活，根植于人民大众，流传于人民大众，是普通群众生活的一部分。也正因如此，其传承性极强，影响力极广，这也是帝王将相才子佳人叙事结构所不能比的。

古人云，行万里路，破万卷书。我和红亮兄都有此两好，也算积极践行者。我个人的感觉是应先破万卷书，再行万里路，因为没有知识储备前提下的行万里路，最多算打卡之行，很难体验风景背后蕴藏的文化内涵，遇到再美的风景也只能说一句“真美”以赠天下。

我曾总结过个人的梦想：背包走天下，仗剑走天涯，其实这也是很多人的梦想。但每个人有着各种各样的辛酸和无奈。无论如何，即使在最优条件下，人的一生也就三万多天，所谓的人生苦短是也。所以，从这个意义上来说，人还是要有点梦想，要有抬头望天的诗意在心间，要尽可能为自己的梦想去努力。当然，世间也有无数的风景在召唤我们，等待着我们去感受和欣赏，而通往远方的路就启自脚下！

以上简单思考，谨为序。

期待与红亮兄共留诗意在心间，共赏美景在天边！

邵亚楼（微信名：烙馍卷菜）

2020 年 5 月写于北京新保利大厦

序 2
藏在果核里的诗情

与红亮兄相识于 13 年前的北京香山。

印象中他侃侃而谈，颇具“领导”范儿，所以他被公推为由帝都各大媒体自组织的以文会友户外登山群——香山会的“秘书长”。我们一起爬山，他总是当领队，尤其是第一次走的路线，他总是会提前在我们的香山会博客里公布出来。当时对于爬山的另外一个记录就是写爬后感，虽然多数时候我们都是以传照片为主，但他也喜欢写散记，有时还会创作一首诗歌。他算是写博客最多的驴友之一。

红亮兄给我的另一个印象是：才学。记得第一次见面时，引他加入一起爬山的“驴友”是这么介绍的，北大 90 年代法科高材生。在我们这一代人的认识里，北大是最好和最难考的大学之一，出生河南的他从人口大省考上可想而知——那更是难上加难了。

加深对红亮兄才学印象的是他的文学作品。比如2007年8月4日(周六)爬完山后，就创作了这么一首:

我是一只白鹭 在你辽阔的凉意中孤独
平衡的双翅叼住一颗黑色的泥螺
海棠成雪 纤纤野被
……
头发泛着微弱光泽 偶遇再一次消失
雨浇痛了的甜蜜 恒久还在回味

红亮兄的诗总有一些令人惊艳的句子，比如上面这首诗中“一如急着赶路的苹果 斜坡上拦住一朵闲云 / 背着金色的忧愁 轻盈跃过相识的枯水期”,“苹果”可以“赶路”，可以“拦住”“一朵闲云”。这些原本静态的物景在他的笔下变得鲜活、灵气。

那天的北京香山确实与多数时日不同。因为下雨的缘故，那天的香山半隐于云雾之中，像是以山脊为中界线，被云分成了两半。那天的景色被山东响马(现为《新京报》编委)称作是“奇观难得，虽然下山被大雨浇透，危险重重，但大家也都乐在其中”。这景致让他也是不禁赋诗了一首："北京何处最销魂 / 魂入西山山入云 / 云帐半开仙路近 / 黄栌一任野风熏……"

文章忌讳的就是死气沉沉。比如八股文，枯燥无味，读之令人昏昏欲睡。还有一些文章，每一个文字都认识，但读完却不知道表达的是什么，因为那些并不生僻的文字罗列组织在一起后变得空洞无物了。

从形式上看，诗歌已经很难让读者耳目一新了。五言、七言、十一行诗、短诗……这些都不算新鲜。再玩新意也不过尔尔。但在遣词造句上，下了功夫的就是不一样，而这多少又有着天赋的成分。

红亮兄的诗句里便多少蕴藏着他的才学天分。比如《秋美人的寓言》：已经蕴含残损的城市 像你果核里的柔情 / 落入底层 飘缀在这初秋的门楣 / 凝脂如玉 身姿隐约 / 是云朵种下一种轻灵的花唇 / 你鲜艳的心胸在爱情表面盛开 / 随远处的萤火飞奔 / 在凉风的霜影中游弋 / 无数的心事曾经沉默地穿过……"

"果核里的柔情""云朵种下一种轻灵的花唇""你鲜艳的心胸在爱情表面盛开"等都是不同于往常的一种表达。"柔情"本来是用来形容女子对男子的姿态，而在这变成了"果核里的柔情"；"果核"本来是代表坚硬的，而坚硬的果核下还有"柔情"，这就构造出一种逆差认知。"鲜艳的心胸""盛开"在"爱情表面"，这是把一种无影无形的“东西”物化了，让人可以切身看到、摸到一样。

文字的精妙就在于让读者能够快速而深刻地认识、记住，如果只是让人过目即忘，那就是失败的文字。

在这个诗歌并非时尚的年代，没有一点点惊艳的句子，是很难留住读者的。红亮兄的这些精美绝伦的诗句当然只是一种表达形式，其背后还有一种他需要表达的意思。这本诗集由红亮兄创作于2004年前后，是他在首都求学的第10年。这是他掀掉“漂泊感”后的作品，因此他希望通过这些诗作来对“漂泊感”做一个了断，也算是对自己的青春和过往做个总结。

漂泊是一种伴随着很多情感的状态。比如寂寞、孤独，容易受伤，甚至迷茫等等。当然，还有一些充满斗志的“外衣”披着。他的这本诗集里，“寂寞”出现过22次，“孤独”出现过21次，“伤口”出现过10次，“冷”字组合出现过40次，就是“迷茫”也出现过2次。

比如：“寂寞袭来 留不住短信息的悲欢 / 你静静地倾听流动的根缘”(《波峰之夜》)；“一个黄昏挽着另一个夕阳的寂寞 / 在旧月光里散步”(《伤口烂漫》)；“说到孤独就是窗外的冷风拒绝温暖 / 寂寞是递增的幸福 我的尝试递减”(《丰满的故事》)。这些“寂寞”尽管显得有些“无所谓”，但它在某些时间也是“递减”的“幸福”。

有贤者曾说，诗人是生来替世人受罪的。因此，感受时代和众生的“痛”是诗人无法割离的“胳膊”，回头再来看2007年8月4日爬山后红亮兄创作的诗，其实依然有一些他人无法感受到的“痛”在他身上隐隐约约潜伏着。因此，诗的最后一句才是“雨浇痛了的甜蜜恒久还在回味”。

一次爬山有一次爬山的故事，一首诗歌有诗者的一种“心境”。红亮兄的诗，每一首都有故事，也能让你感受到他不同的心境下灵动而感情充沛的世界。

雨纸

《新京报》资深记者

2020年5月写于北京大兴

目录

下／阙／

上阙

白羊集

秋美人的寓言

已经蕴含残损的城市　像你果核里的柔情
落入底层　飘缀在这初秋的门楣
凝脂如玉　身姿隐约
是云朵种下一种轻灵的花唇
你鲜艳的心胸在爱情表面盛开
随远处的萤火飞奔
在凉风的霜影中游弋
无数的心事曾经沉默地穿过

多年后的秋季　绝望跌落在细雨

而我在怀念不寻常的鸟鸣清幽
微风吹拂阳光的晨露　干脆得清冷
散发一道轻柔的结晶
一枝梅花悄然地折断
呈露出光合作用下水的虔诚
火焰中的禅语
记载了根与枝节的关系

我的思绪像一枚瓷片汤汤地漂移
隐约有追逐的波涛迫近
宛如即将还俗的一位风尘少女
深深地潜入大海的情欲
一阵风花雨已经安睡
你的热恋保存着秋的余温
恰如涌动着波纹
咬噬着岛一样孤独

七夕的隐语

窗外的歌声凋零得遍体鳞伤
七夕出现了故障
才把天空的浅薄遗忘　一束灯光修饬着呵欠
把一盏夜灯记住　红了八月的寒流
杯子里的水静得诡异
离别的姿势很美
唯美的距离
匆匆赶来的有些星星　让夜深更坠
桂花褪却了红蕊

流年的深巷太多的仇恨
八月漏穿了整个世界的干燥
所有的美好都是湿的　连诗句也反着潮气
相思的温度略低于雷雨

它们不适合裹着纤细的身体在仲夏聚集
我忽地看见亮光　与某一时刻的拥抱一起
筑成蓝色的忧郁
冻僵的柔情带来河床的消息

眼泪穿过黑夜　穿过冷的星空
从恋爱深处到达兰花的距离
掌声的目光　平静地看一片云是如何
不让自己诱入陷阱的回忆
你的肌肤已被我的眼泪烧伤
我揣摩皮肤这忧伤的温柔
早于你的欲望抵达七夕
有太多雷同
为一个词语寻找富饶领地

高傲的蓝天

一封来自天空的信　我敢肯定
一个个熟悉的面孔变得陌生
离别藏得比睡眠还深
墙里透着忏悔的白　光彩照人
当思念成为期待　是何种的郁闷
我消散的情愫也因诗歌的短路
使夕阳的眼睛模糊
远方的水不得不休整自己的错误

眼神遗落在天堂　以各种姿势死亡
初恋也长大了　让我遇见潮流的你
夜让泪痕无处宣泄　沙漠风高
用黑色的墨水泼成汪洋
秋节的菊在一个忧伤长及水面的血液

苍白地演绎着豢养的平台

等待一片焦急的雨叶

试图在冰凉的墓碑上肆意荒凉

大片大片幽蓝的光束　空空的没有力度

朝着爱情枯萎的方向膜拜

流年以季节风的形状吹皱承诺

一个故事密密麻麻地编织着火热的沉默

平凡而痛苦的心依旧弥漫于图腾

成为一望情深契合的唯一载体

最强悍的风暴强奸了朝阳的眼睛

一根银针的秋水轻易就沦陷了天空

烛光摇碎了满天的清泪

你倾泻出你的绿色　和泉水
在愈刮愈烈的世风中　你用浓密的树叶防尘
你回归自身　静听落叶的叹息
向我的纵深处走去
那些渺小的蝴蝶和轻浮的玫瑰
对田野里的花草产生恋情
浅处吟唱漫舞　简单的风
绕过所有复杂的恋情
不俗不媚　不再风尘

那些神情的植物忘了温度
顺从我的好生辰　你的自由
忍心的爱　在阳光下面排列整齐
挺进记忆　包装了身体

我用闪烁朴实的词语
在愈益强烈的缠绵声的威逼下
保留最后一个　澄清事实
哪怕一阵风都是弯着身子爬过

平静的剥开夜色
只喜欢表面和肤浅　流水的欢调
有型　有无谓的态度
明显抵挡不了细胞的腐朽
思想在诱惑面前软弱无能
手的忧虑遗传得干净
你荡一叶轻舟飘进梦来
这时我多么渴望一场雨的深入

黑暗行走在它的周围

子夜开出美丽的花
没有宣言　没有挣扎
秋天被廉价出卖
有人说一帘幽梦就是一首诗
我已丧失承受的支点
憋在嗓眼里的那口浓痰
干扰了我的睡眠
让咳嗽霸占属于我的夜

于是断言诗人在清末就已死完
心事在于泪水找不到发泄的地方酝酿
其中半个在反照青苔上
月光引导我　让夜不再陌生
耳边的细语死得干净

一些陷入剧本的人　在反复地举手
一载断木　被叶子覆盖它内心的火花
某个时段漂移　物质中被固定

夕阳的腰身很好　甜味很浓
拉你的手潜入我的心脏　仔细端详
温柔已不在挑剔的范围
头发的长度与文字的体温自个儿凉了
它被我想象成一片森林的声音
种子和建筑都在进一步预谋
一切安静　被表达或发生在安静之中
一群影子正集结内心的深处

一路断句

有折过的痕迹　好像山水中的某一笔
从盛唐转向大元
雾起的时候　藏起来的心情
毫无声息　句子断得厉害
因为残缺
在诗歌的胃部　安放我过于理性的灵柩
空气稀薄　焐不热一程等候
盛开的白玫瑰　藏于山丘下的十五

蝶蜂　信步轻来
胸膛开满野菊　堂前燕飞来飞去
始终不让我的河水变软
我在那些喜欢我的雨点面前
始终很矫情　立场不够坚定

那些月光飞行的姿态　不够招摇
我停在孤岛　种好多好多黄昏
爱情尚且有约

旧事成双　我洞穿脊梁
写诗趴在河床
河水一见我就上涨
我的后背　没有相思可以不碎
水晶里的清高与孤傲
只有秋知道
穿行在心事的落叶与盲肠
把秋天的羽毛　砍得纷纷扬扬
正是要让鲜花和栋梁的种子在此发芽
收揽所有的悲伤与喜悦

来到未名湖　暮色水一样
我更像北大　我更想北大
三分钟过后　烛心需要剪花
我想象一个影子起身
你潮湿的吻　一次又一次那些塔顶上的静
它的力量　始于它的盲目
扩大到轴心　而我的思想是芦苇

风向一侧倾斜　向没有思想的一侧

用隐秘的手指弹拨　秋日的阳光空旷无拦
你栖落于燕园里一枝高耸的苍绿洋葱花上
触动一场风暴　因而轻轻翕合
希望常凝止于折花的姿态
会弹拨琴弦　映照这个世界
可以搜罗的相思之处
也许是一只不肯安分的蝴蝶
潜入我的眼角

夜脸上更黑的润　更亮的唇
用堵住嘴唇的手指测试忏悔的深
不与月光与凄凉发自同一枝上
我惊讶于秋水也会繁花灿烂
那片带着锯齿和虫蚀的睡莲
从多年前朗润园独立的茎花上
谁能取出我理想中的热爱
收揽所有的悲伤与喜悦

蓝更蓝

遗传包裹着惊诧的目光
爱国的书商
出土杜甫
乾坤挪移
表情恬淡的雨
眼神变得细腻
种种缺口的滋味
轻摇肥臀

有点沮丧的成都小吃
小鸟依人
一桌书商的宴会
芸芸丰韵
盗版的黑社会

不禁妩媚

同一只白狐狸纹身
很乖巧的美女
瞬间失神
四月开始受孕
缓缓流失的藏羚羊
像几棵草
在这生冷暮色中
在一艘慢船上想你

没有停顿的黑
堆积了很多相思
四月甘愿沉沦
结出往事的果
断肠草的伤
浅浅地靠近
那些声音冰凉
一吻就封喉

彻底腐烂的糊涂
爱上中间部分的虚无

一些散页的梦
杜撰了唯美主义的划痕
节省大量的爱
和最憨厚的玻璃一起碎

雨水透亮
竟然生出明媚的花
那危险的甜
不停地颤栗着
更多固执的光明
已经有些灰心
就做白云了
了无牵挂地离开

玉如意

是一条不确定的河流
用朴素的名字
保持了月亮的残缺
竹影的嘴
养活我们的世界
是一个错误
听从惬意的苍穹
如此接近葡萄架

把骄傲献给风琴
谜团般的　纠缠一个夙愿
挂着浅蓝色的故事
一些通俗易懂的文字
有折痕

厌倦那些粮食

爱上空洞的眼神

我画一眼清泉

溺在往事前

黄昏把一袋子星辰洒落

声音耕耘两道清澈

纸做的寒暄

裹紧一起目光

破茧遥远

巨蟹集

十渡

一渡　让我看到溪水上涨的声音
野草举起的镐已经很久了
收起了漂流　不再漂流
昨天的阳光渗透了跋涉
一个比十渡更美的秋菊
发出十年前的微光
拉起水枪　我看着你从黄昏里掉出来
很多时光再也拣不出来

一个好梦醒着　匆匆从野三坡走过

惹祸的天空浮着你传说里的暖波
尽管往日的裙边已经列成方队
演绎的黄花编织着醉人的轮回
就敲开圆明园的记忆吧
在秋的闺房里跑出奇迹
那些日子伤痕累累　需要施肥
悄悄被一阵风儿粉碎

一笑回眸　留住清透的连心瀑
若细细体会十载仲秋　冗长的过渡
别离是悠长的寓言　蝴蝶翩跹而姗
轻薄的表情隐藏少许诡异　生锈的日历
将躲过你的倩影种下的千百种风情
一切爱都不会消失于虚空
肃穆秋天　菊花美丽的哀愁
将引渡我越过那个潋滟的夜晚

波峰之夜

趴在故事里　我的回忆会疼
一阵风过之后　我的眼睛会朦胧
履历移动时你更像是一种象征
我知道十年穿过寒冷和黑暗　与友谊交融
贪婪的迷醉早有预谋　点燃篝火
载着酣眠的美梦　往事与爱情中路颠簸
总有太多遗憾献出往昔
阴影一样爬上树梢　混淆着轻泻的星光

九月被弹奏　柔和了灰黄的民族舞蹈
枫丹白露展现中秋完美的花骼
一群西南客　互相掏着体内的夜色
在昏暗的相思里　我借爆竹取火
你仍守株待兔　恍惚被一阵儿光阴打倒

含苞的骨朵等待神话与传说
众生纷纭　承载疼痛的知觉
你的目光驶进夜三坡的隧道

寂寞袭来　留不住短信息的悲欢
你静静地倾听流动的根缘
缄默的紫菊　坚守最初的诺言
将疼痛传递到我的瞳眸
紫色鸢尾花兀自摸索
涞水绿得毫无婆娑
你可以幽默　你也可以挥霍
仍少不了翻来覆去地生活

野三坡

像一朵花　你浮在旅途上面
一棵树　把风抹上刀口
属于一线天的鱼　只经过我的夜晚
猛然间山岳依然生出缝隙
蝴蝶的香味一起照临
你紫色的云朵出现时
想吻　已经缺少嘴唇
一起落笔的旅人　都从字行间逃离

成熟的凌霄花　含在你余吻的唇里
十年的欲盖弥彰　已经走进生活太深
我在人群中深陷下去
你如何能够停留在那里
是不是舞蹈在腰肢上　突然地颤动

为了留下一弘委屈不掩万里
当我触摸风里　开始有桂花的香气
百感交集在这一瞬间　已经脱离肉体

精神的极光是否再次莅临
生命在图腾的起落中倦归
像布谷又停在绿叶上　假冒一根树枝
我会顺着隐疼的声音　摸到你的方向
你甚至不敢伸出双手
怕触碰到那根生活的软骨
即使我站得再高　也看不见山的头颅
我一半身子因此探出了生活的轨迹

无止境的飞翔

树叶很凉　在天堂洗礼

燕子的翅膀拖远了站台　黄昏已经长满了青草

玫瑰不做有翅膀的天使

触及俗世的图腾

悠久的膜拜将接受这单纯的战栗

跨越风雨　有如叶露中凸现暗香的灵光

芬芳的少女　填满我的想象

芳香和成熟在故乡土地蔓延

时间的流转意识穿越思念

窗外那些急剧掠过的风景

每一次神韵总会如约来临

大海就是我停留过的每一个瞬间　它的忧伤

思念一度镌刻于你的掌心

颤栗的海洋　握着跳跃的渔火
久远的缠绵可是群星的闪烁
今晚落叶覆盖花朵　倦鸟归巢
在蝴蝶的翅膀　和天使的翅膀之后

敞开的窗子是空的
坐着的心思是空的　空得发白
诗歌的痛楚　秘而不宣开始悸动
愈行愈远的美终于全部地裸露
所有的玫瑰都已被爱情收购
欲望的蝴蝶会模仿花朵的沉默
裸露的胴体等待通体的燃烧
天外的天　允许无止境的飞翔

和煽情无关

梧桐落光了叶子的季节里
缄默的嘴唇露出好颜色
铁锈也褪去　褪去海中蓝
海中的蓝天湿润静美　幻象和倒影之中
洁白的云朵也还没有混沌起来
雪花带来全心全意的美丽
邂逅　不过是人世间的一次倾心相遇
在香槟开始摆弄裙边的时候　我能感到爱情的潮汛

我的秋天绿一次黄三分
那受着迷惑的　搅动整个大海的波澜
并不受谴责　你的美也没有错误
在欲望　和它的残骸之上
无人呵护　蝉翼薄得透明

它遇到菊花失魂落魄　并由此褪掉
用同样的方式来　爱我一次
请你敞开心怀　我愿意

挨你很近的两个动词　摩擦和接吻
耗尽全部体温　对你置身事外
它敞开的窗子　使一个季节转过身来
一切在洁净的心愿中漂白
围炉夜话　点燃诗歌来取暖
风起云涌我站在晨曦的边缘
克制的年轮正进入树干
天气蓝得　和煽情无关

一切伸手可及

饥与寒在笼中　随我终老的那条老路
也把最后一颗门牙弄丢了
从昼的眉间窜到夜的筋骨
我叫嚷着这个秋天的风就绿了
我的血液　一个营养不良的弃儿
喊着桃花依旧　坚硬产出软胎
这个时候　没有比无雪更伤人的秋
是啊　该是金黄的鼾声
刀斧啊你的血肉　是削不断的柔情

温柔至死的秋　最怕的就是麻雀的多事
我匆忙地走在绿色中　企图用石榴的绯红
换来贵妃的一笑　在这个月亮只能
躲进土里的季节

我感到这个夏天　已经到了街道拐角
要让夜晚黑透　要让天空再空
买了你的醉　买掉断肠
在残损的栏杆之间

如你的眼睛所渴望的那样
从清澈的湖水中
你看见天空的倒影
感受黄昏柔软的光线
便有音乐如梦抖落你满身的霜花
加大了地表的裂缝
可是　当我将这美好的愿望向你提起
人们在无限接近　一切伸手可及

诗歌对准了你来的方向

是一道窗帘一夜蜡黄
潮湿了媚俗　否定了干燥
这是你自然与不自由的连锁
成熟与衰老反映了我的衣裳
有一束发酵的阳光
羞愧地面朝大海　羞愧着春暖花开
一大片安静的蝴蝶花儿嘹亮
十月还没开始就已经上涨

晚钟在石板上生长　樱桃沟的泉水日夜流淌
你用假宝玉与我相遇
黎明的内心也还是荒芜
后悔还没生长　就已经白发源长
黄昏呕吐　一滴滴雨水整理着哀愁

月让我想起宋时词　悬浮于某处
我翻阅瓦砾　依然是风吹斜了雨
依然是没有忧伤地操着纯洁的京腔

唱着后庭　看风如何绕过山梁
秋的四肢煮酒了故乡
故乡的月亮瘦得厉害　用针线把爱情捆绑
我的童年依旧闲置在课堂
一种叫抒情的色调开始缝补希望
你也可以踏着蝴蝶的翅膀
隐忍着大孤独　小漂泊的芳香
一首流泪的诗歌对准了你来的方向

一滴血红否定了南归雁

墙院　成为蜻蜓透明的翅膀
弄错了你该去的地方
我感到思念是你的一根弦
把一个不大不小的趔趄给了哀怨
树上的宿雨哗啦啦地落到硝烟
你在试图为热恋的一瓣找回另一瓣
我仔细回味她的扇面　并期待下一个回合的交谈
消失的记忆折回来　然后中断

冗长的绿黄相间　在夜色中
反复搓洗故事弯曲的影子
你捋了捋湿漉漉的失恋
可供你在其后做片刻盘桓
醉心于意淫秋菊的柔情和身段

那蓝幽幽的翠花望断石穿
像一朵绽放的初恋迎风飘绽
我该把酒临风把往事处斩

推窗望月　月的薄荷体香紊乱
捂住落日的忧伤　温泉已经修炼
摧毁之前　我的指纹在每一个分叉处混乱
然后停留在九月中旬的某一天
你肯定了离谱的缠绵
霜冻了飘落的影子　在一场呼吸中意外地发现
有一首诗也偏向背叛
一滴血红否定了南归雁

夜色弥漫

让心疼捐助植物　故宫跟着你走
我看到火焰喷到了帝王的身上
你终于放下了黄昏　思想和黄叶村
九月终于可以把疲倦的骨头献给夜鸟的荒芜
一阵急雨之后　有颗露珠被风干
分娩的谎言已经以无法抵达的速度
心安理得地睡去
一只秋蝉喘出最后一口微弱的气息

黑夜的一块碎片　稍微打弯
有人会爬上草尖　看见红楼的漆黑家园
落日余晖慢慢收敛
所有的爱情都隐进暮色
我的手指轻轻把晚霞捅破

所有孤独的到来　直到孤独这个伟人

也被孤独浇灌

或许你可以慢慢销声匿迹

时时被痛苦排击的根筋　贴紧一面窗玻璃

岸上是骨骼曾被谁刻意地渲染

再往里　黑暗已经笼罩了卧佛

包括她柔弱的涅槃

慢慢暗下去　枯萎　或者发芽

隐秘的骨骸是否会在河流搁浅

2006 的时空被寒冷绊倒

呼喊能够穿透被修复的橄榄

想与君缠绵　直至夜色弥漫

郊外晓醒

旁骛的一颗心　也用你的眼睛换下了它
鸟儿来不及帮你拂去水的阴影
你已经发现了猥琐的天空
当九月来临　来爱我吧
生活根本不需要你站在那里
无尽的旅途　寂静发白
在空茫里太阳僵死
所以我看到了黑云后面的光亮

你往前行　倒退的只是眸孔
看我若有所思的人　那个沉默地掩埋我的人
哪曾知道　荷花也曾鲜艳　也曾柔软
影子般充满我的爱情
是不是有这样的翅膀　不是用来飞翔

灰烬就要　填满我们的黑暗了
天空格外的蓝　类似于一个饱满
日渐干枯的星星　与秋日临近

田埂上的黄昏　也很轻灵
并且时不时穿过我思维的缝隙
到达东湖的温度　远方起了火炉
把上河清明图的水引向仲秋
以及小鸟的初夜
一个季节一个季节的合拢
你夕阳下　兀自漆黑的弯度
用掉了相等的怜悯和白昼

我要向你指出

睡梦中的荷塘含着手指　笑靥里开着花
或许就是荷尔蒙的深厚与蔓延
最能带来速度的是散落的蒲公英
呼吸的瞬间你藏有诡谲的笑容
我弃之不屑的黑色脊背　将被触角折断
岁月的枯荣不可触摸
只有我在歌唱的边缘痛苦
头发掩饰那些乱了的起伏

九月的草地仍然一片碧绿
我感到你的心情越来越薄
像月光一样白　仿佛正被什么一片
一片地削着夜晚
那些被雨水隔进栅栏的梦

常常是空的　填满我的双眼
尘世的秘密藏有短暂的休憩
你星空就会得到我黎明的洗涤

瞬息的颤动在陶醉的季节苏醒
说它天空　还有更多被蛊惑的事物及枯草
所以你要向着海洋走　在树木落光了芦苇的季节里
因为我们曾经长在同一小桥流水
所以我们的声音里会飞起同一只　唱歌的兔子
以每一分钟的孤独　掘下三窟
我曾经把寂夜的屋檐当作佑护　而现在
你说它是藩篱　我要向你指出

玷污的月华

桑葚聚集了阳光
其实并不是风才有飞翔的翅膀
漆黑的往事埋在其间的嘴唇
揪心的白色月光
被五指分开　静静滴着角色
眼睛忽然就潮湿了
静夜里发芽的黎明
赋予金秋的力量　如果给它偌大的悲伤
下着雨的无人广场

秋雨是饥饿的鸟
扑棱着黄昏　在每一片叶子上
正低低地落向故事的屋顶
而越来越多的年轮

旋成身体里剧烈的旋涡　迫使惆怅生长
使暮色站不稳
在每一扇窗前
一个易碎的恋爱　在更远的地方

最最温馨的美好时光
正飞过我的山麓
馥郁的馨香　就像中秋的风霜
静夜里的天空　被太阳驱赶得溃不成军
被太阳鞭打的城桓累累伤痕
于是风掠过九月的草
生命茂盛得难以遮挡
我的指尖禁不住一阵微凉

天秤集

逃跑　爱情的落荒者

破裂的故事　上空
黑暗在融化　落日是
一截枯树枝洒下阶梯
宛如寂寞的鸟儿啊　痕迹正在消失
此刻之悲凉　际遇远大　辽阔
晨光从枝叶的脉络间
匍匐在许多幽暗的路上
越唱越短的歌

当九月来临　执着已变得柔软

忘掉我吧　一道轻影已逝
当你感到海里　有了桂花的耳语
那萦绕于连绵湛蓝
未曾降临的恨　都会吞噬香气
阳光能照耀到何日
嘲弄有醒来的某时
声音渐渐微弱　变得好似
有了另外的着落

哭泣开始融化　雨水是饥饿的橄榄
简单的阳光敞开了栅栏
在熄灭灯光之前　雨水隔开了诺言
诺言被篡改成藩篱的谎言
我曾把寂静的屋檐当作庇佑
蟋蟀的歌唱　蝴蝶的舞蹈
眼睛忽然就高潮
溪水中映出了从前

忏悔

远山没有爱情　停留下寺庙
请你一定要回来　带着晨露
还有尼姑　还有
炊烟　薄如蝴蝶的翅膀
一直在向空气中挥舞拳头
寂静无止境地飞翔　未有过片刻安宁
在时间的尽头　一定光彩夺目
深陷进这周而复始的日出

淘气的心事被情节吃掉
泥土下平躺着上个世纪的玫瑰
花鲜红地凋零　时间在光芒中褪却
远远的山峦　模糊的失恋剪影
被一阵风打动

关于孤独　关于寂静　暴露在落月下
任何一个夜晚成为你的新娘
无法独自忧伤

臃肿的月亮像一朵芙蓉
舞蹈在绿叶的腰肢上
爱情浮在所有沉睡的湖面之上
一个叫忏悔的植株　想吻
赶着去发芽的诗行
桃花潭水慢慢膨胀
是不是有这样的翅膀　不是用来飞翔
千尺波浪有一寸为我们的歌唱

夜色迷雾

一些月光怀了秋的孩子
蝉在黑暗好像迷了路
让珊瑚献出捷径
苔藓献出中秋
整整一个荒芜
献出所有孤独
暮色装成一只小蜻蜓
在河水最痒的地方招手
仿佛黑暗提前了疏忽
航程开始了恍惚
树枝在大海上面漂流
一如水仙在蜻蜓间
袅袅地起伏
沉淀了疲倦的日暮

夕阳把黄昏填满

是不是岛屿离地而起

天空格外的蓝

我一直渴望

在一场急雨之后

清洁的思想

得到诅咒

尘封的七夕夜

一枚石子从子夜之外飞来
一直波及爱情外面
黑夜的一块碎片　在星空下藏身
一只蚂蚱抵达我身体最深处　敲出那点过渡
乡村和海浪的底色　被掀开了冰角
沙滩里的一滴水　有时候会爬上草尖
栖息进来　转瞬即逝的
正在繁衍和得以延续疼痛
内心落满了尘土

当积压下来的尘土　薄了再薄
当那粒沙尘徐徐下落　已探出生活
我就能看见生活的心脏慢慢枯萎
或者发芽　露珠从叶片上滴下来

所有的河流都向西流
擦着生活的边缘
所有的爱情都隐进暮色
都触碰到了黑夜的一根断裂的肋骨
月晕轻轻把思念捅破

七夕喘出最后一口微弱的气息
消失的那一缕炊烟为我遮挡风雨
你身体里那点真实越来越稀薄
炊烟飘散后　一切都空了起来
雾异常强烈地穿过岁月
防伪的羞赧　很黏稠的期待
一切都是理所当然
理所当然地存在

二度七夕

落日正渐渐收回最后的余晖
当我敲响多年以后　那扇门
找到自己所有的掌纹
一缕炊烟已经离开那里
向高空飘散　呼喊能够穿透时空
一个梦里脱身　我掖下的痛苦
宛如一滴苍茫的眼泪沉进河底
陆续碎掉　销声匿迹

我看见了人世苍凉的背景
冒着炊烟的根筋和赤道
踩着野草和荆棘一步步穿过时光隧道
落日余晖慢慢收敛　继续前行的思想在慢慢收回
看见露珠波纹里整个绊倒的家园稍微弯曲

让所有的雨水都穿过寒冷和黑暗
一粒石子掉到河里　静静的河面起了呼吸
一圈圈荡漾出去

眼角的潮水　溢满了戈壁
黑白画面依然完成落日余晖中一个乡邻
这个脆弱的晚钟一如露珠恒久沉睡
我的心事一片一片向夏末撒落
多像布谷鸟　只远远地把思忖楔进诗里
高空正荡漾出一层层的涟漪
黄昏漫过了腐朽
晨曦悄声哭泣

七夕阴雨北京城

曾冠名行星　奇袭北京城
荒凉亦涂满了激情
秋日留下了揪心的痛疼
鹊桥重复着爱情
你却离我要远行
距离愁肠了凄冷
于是　我的世界只剩下八颗星

相约的季节突显朦胧
东方镶嵌着你那道七彩虹
滚烫的热情才能开启夜灯
只有感悟才能融化无情
相思在这个夜晚重逢
我带着榴梿的歌声

让年轮了却每一个精彩的从容

七夕阴雨北京城
你奏响了一首广袤的秋令
我们相视成空
一切尽在不言中
三十八年只待今生
品读着这广漠的海风
你笑出这个世界最美丽的芙蓉
醉倒在花丛

西山的傍晚

远处山峦　是含苞胸脯的折射
肿胀的黄昏咬破上颚
月亮打通了你的归路
寂静挤向一处
有一滴血模糊
暴露在暮色下
和所有的爱情一样
无法独自忧伤

大地在夕阳下成长
成麦穗的母亲
我也有一颗醒着的眼睛
从黑暗中看到了清澈
她和田野里的黑暗

独占八月最后一天的高空
但我拥有　无休无止的烛光
在任何一个这样的夜晚成为你的新娘

月台上　黑暗在融化
越唱越短的歌
和我们一起摸索
我最新鲜的那部分呼吸
反复钟鸣着同一首歌
是的　还不是赞美的时候
我等着　你爱我
际遇波澜
完全出自心愿
单纯的原色

菊霜

九月沉重得　大地摇晃
脚步践踏过诗章
踩在我心上
我是风的伤口
你是我的伤口
秋曾迷恋过你镶花边的筒裙
总是一朵比你的守望更诱惑的群聚
引导我在暗香中幽渡

闲置的吉他似有所待
拨开滑翔忧郁的水草
在一杯早茶中滋润舒展
黄昏被秋阳抓破了面额
使沉郁的心田渐趋明朗

这榕树病得厉害　这秋天
因你的美丽病得奄奄一息
狂喜的诗句直抵我的心底

薄暮　如影随形
安静的一段情节　如此海拔
像有柔软的触角　隐秘的暗喻
吸纳你进入花蕾柔软的体内
九月的天是少了顾虑和企盼的少妇
淹没了相公的眼睛和语词
漫漫长空还继续细节的梦寐
蜕变的菊花　陶醉单纯的原色

火焰的情节

雨季的在禅意的眉宇间汲水
美感将心灵引向纯净的高度
霜降搭起帐篷　点了篝火　教冷月吹横笛
夜晚让我们从此同病相怜
让我们从此无眠
你枕着一粒露水悄然入睡
秋日常依偎在窗畔听雨
含苞待放的蓓蕾竟在我的枝头落空

路过我诗歌的生客
纯属偶然　闯入我的视线
一如杂念草　一层高过一层
不懂矢志不渝　那涵义噙满泪水
一定要做得漫不经心　夕阳也并非故意

最初虔城又将会潮涌而来
斑斓竟是视觉的盲点
心事不再骚动不安

风声会把手指握回到掌心
用九月的微笑让秋水们安息
以蓝色的姿态降临
静谧夜晚渴望　呼应
竟是如此从容
玫瑰色的许诺已挂到东方
繁花流淌　渴望激情的抚摸
爱情的演绎始自跌宕

无限

发怒的树木归纳成琐碎的感觉
山谷右边　月亮躺在水里
有呼吸的爱情　黄昏的眼睛很远
动用柔软的计谋　被遮蔽的白日梦
风声对抗你的眼睛　走出整条街的黑
长出牙齿的四月彻底的妥协
窗下的桐书大肆渲染　一朵火红的杜鹃
躲在墙角抚摩叶的忧伤

熟睡的云　凝望沉默的一盏灯
羽毛的尖叫是否在黎明
加速了往事的死亡
有两个熟悉的声音跟你交心
这个动作　我想只有你一个人知道

不仅仅是一个词
把远山滚成一团温柔
春天的罪恶最终没有得到留鸟的宽恕

月光就这样醒来　黄昏已过汝河上空
那些风筝在忏悔里飞得很勉强
小小的金黄色球形果实　孤独而安静
傍晚的风吹来　一些吹过那些成熟
一些绕开故事里的建筑
去你家的台阶　迷恋向上的脚步
西湖没有了原来的温度
诗歌改变了我的那些旅途

静谧

你在清晨里看我的柔软带伤
如同一个美好的爱情慢慢绽放
看我灰白的文字　如何击伤
没有夜影的时间纵横的死亡
整个春节一棵绿的树都害怕孤独
画眉小鸟有在意我　蜕成完整的橘子
注视一瓣　掰开的冷静
我的黄昏里向前　比你黑得早

有一盏特别的灯　亮起翅膀
灌木认识所有的草莽　沙棘只识得我
在植物的花房　想象甜的月光
一片一片在手指上　年少轻狂
不在乎你爱上柳叶的颜色还是它的乳房

白马长剑洱海苍山　皆如烟云过往
除了织女樱花黄　再无放牛郎
穿过海的树林　你就是恋爱的形状

进入一个蓝色的夜晚　我轻视坠落
就抵达一阵儿飘忽的幻想
什么遮拦也没有的地方　荣誉开始
在山峰上面飞翔　从谎言里学到完整
固定下来的春天　被我持久热爱
用我年轻的脸记忆衰老的时光
在深渊的上面和下面燃烧一万次太阳
只要爱过一次　就要略过墙壁的遮挡

殇

风吹过夹竹桃　一支燃着的烟有点感冒

半黄半绿叶子犹豫　嫩嫩地想

有人失恋　让平房受精

当我靠近空旷　寂静收住脚

我所有的道路都被斑马控制

在夕阳的微光里　巨大的裂痕被黑暗弥合

山林深草盛　鸟雀聪敏爱惜羽毛

梧桐花像蝴蝶一样飞过

能够消化的街灯　在拐弯处

吹拂着我　隔着一段怀疑一样的距离

一些挂在树枝上的蔷薇用揉皱的手

顶一下挡在面前的任何软的硬的呼声

在郊区的胃中缓缓蠕动变成撩心的鸟鸣

像阴影盖住一个灰尘的睡眠
水变得湍急　我用一截月光砍开夜晚
你的睡眠有点发霉的绿

内心有落叶　正好乌鸦飞过
柔软而令人陶醉　用我们的想象力
紧锁着春日的阔叶倾听院墙败落
饱受创伤　半个三十年的饥饿
桐喇叭缸蓄积着经年的雨水
田野上空白色的大鸟缓缓飞过
超过了时间的坏毁　心事会在竹篾下隐蔽
腐烂的苜蓿也抵挡了我多少年的风雨

摩羯集

菊痕

寻找像小说里的螺类食物给你加薪
那些温存发烫　鲜明依旧
所有贫瘠的胃　磕破我膝盖的柔嫩
十年后你还切开菊花蕾的疤痕
翻卷那些巨大的牛皮懊悔
此时　我们原本的厮守晾在植被的心肠
苍蝇起伏　无法知道这些包裹的彷徨
黄昏被运往五月　我被你享用那些内容

草叶间欢唱的露水　打湿了不良回忆的鞋帮

这无疑是大辫子的姑娘　四周摇晃
在她柔软的胸膛　有两条河流沉浮
红杜鹃传情　必然经过你桥墩绵长的肥胖
瓦片上起落的甘蓝溺水身亡
我看见了北京城肿胀而苍白的月光
一个心事庞杂的祠堂　鲜有阳光
在一个幽暗清静的角落　石头开满青霜

旧时禁闭的麻雀　实行残酷的体积
用来安放一个池塘的水　为你发绿
是上次季风留下的记忆
伴随着一群发育不良的诗句　又黑又瘦
有很多悲喜　乌托邦式忧郁
温榆河岸铺天盖地　波浪纠缠花纹
平静地诉说打渔　总在望月里节俭
汗迹发白　逸事总是默默的黑

天空柔软

野草茂盛　这是三国里的夏季
水边喝茶与酒高挽　东风轻曼
摇蒲扇看光阴正西去
摇晃着膝盖　静静地升起炊烟
谛听高岸上的茅草一节节枯黄
在河流的隙缝之中　你云彩一样飘荡
悲伤和爱　集体进入夜晚的美赞
春天像棉花糖一样消失殆尽

西山的西面　蕨草露出水面
这易被遗忘的小小状况
赶上了这般如此的丰饶岁月
那些夜晚将获重生　用十五瓦的爱情
折磨你　那些逡巡的经验

一大片湿湿的结局都很蓝　偶尔发暗
宛如一个方向的云朵飘来棕榈泉
泡桐和芦苇的落叶像我们的故事一样柔软
你来的时候是秋天　我走的时候天色已晚

微甜

披着昏沉沉的电灯光　一直向南
看桃花漂亮的女儿　穿越群山
村庄刚刚醒来　乡土营养不良
一条抵达童话中心的河流
单薄了整个下午　大海的翅膀
弹拨乐弦　形而上的主体微量的甜
故事也不会老　多情都没变
空空荡荡的舌苔正漫烂

黄昏的鲜花　声音怠慢
镜子依在桥栏上　盛开着内心的小雨
细草丰茂　水声的乌篷船
这里是春天　画眉栖息在向南的枝头
被我唤醒慢我一拍的爱情

三月走失　打捞起一点点的轻狂

一朵云的悲伤　被解释成一缕烟

我的迟缓　被替换进一个预备的故事里

你不可以被唐诗宋词感染

我向晚的影子稀薄　一摊清泉渐渐收干

北京的早晨总是有一些失恋的弱酸

栀子花临街露台　春风熟谙这些路程的想念

那些值得依赖的初吻　积上石板

故园上的水　静得故事有点发暗

孤独的街市　心情深深浅浅

破裂的蔚蓝

有人听到寂静的葡萄　驰过落雨的秋天
如同果实透明爱情里的破绽
结构漫长而不曲折　顽固虚构的情节
一个怀想的面具　相信了鸽子的经验
将脸绝望地转向傍晚　彻头彻尾的肥瘦
健康了那些时间
和那些业已暴露出来的肤浅
你在最幽暗的枝头　暧昧更年轻的一颗蛋

钢琴曲以海风的情绪吹拂　有营养的预感
一本性格乖张的往事　与风月无关
我只能用水雕刻你　用春天装下你的琼天
是那朵在枝丫上枯萎了的玫瑰
夕阳正点　用田野的风制造美

也制造记忆的一瞬间
将果园和草地的颜色分开
某个愚人节　一只蝴蝶记叙蔚蓝

画面的背景都是绯红色　有点像你身上的伤
用这些解释青蛙的草绿和夕阳中的紧柳
和红色稀释的新娘　我可以顺着你的心情流淌
忽略朽木抵达你的童话收藏
在青草覆盖的坟上　清明分娩那些孤独
有着甜的身子　遭遇痛琴声悠扬
我的哀伤　逆着阳光
看不到海洋　也看不到有谁站过沙滩上

寂寞白莲

早晨那么坚硬　一切都在更远处
风吹松香　透明了我们才拥有的蓝色
关于寂寞　够着一朵白莲花错愕
窗户开着　石榴花搭载节日漂泊
五月丈量着走廊的长度
正好用来打发无聊
水井对着下午　傍晚又回到钟楼
在扶手上敲起了璎珞

爱情的那些断垣　无声的啼鸣
盯住我那些片段的阳光
某些流逝的面貌将会更新　从果园一角
徒然地产生更多的思念　你也哭过
春天无法控制蜘蛛一生的启程

绿树孑然一身　一如我的红色
我的心事一直配合治疗
湖心还没有白莲　只有些珊瑚礁

语言很寂寞　黎明不能唱歌
在阳台上翻找恰当的例子　目光无法穿越
用一杯水　或是绯红的杜鹃轮回
轻轻的五月　叼走我的梦
就像当初你的离去无比沉默
空阔的路程这么沉默　以抛物线的敏感
窗外的泡桐花无视夕阳
一朵朵喇叭从我们的相恋中滑落

倾心蔓延

要经过夏天　要省略很多过程
月亮已经迷路　我随星星
摸黑来到世上　还要摸黑离去
目光不能让夜晚沟通
眼睛太小　光明太大
只留一个想法　从水底上升
正面向阳　绿有些浮肿
背面向阴　绿有些肤浅

窗外很黑　有一只回忆的虫子爬动
乱草一样蔓延
沿着脉络　倾听指纹上的伤
杯盏呢喃　心灵的鲜花芬芳
翠绿的故事突然地坠落　然后绽放

以及一些不奢望花粉回应的冥想
阻止了久远的劳动可能的靠近
黑夜的手臂无限度地伸长

青鸟舞动双翅　春末的潋滟
一道火焰蜇醒梦中蝴蝶
桐籽展开　有多少诗句经不起风雨
簌簌的蔷薇不顾及落花的无意
袭一身闲雍的执着　曼妙青春
过境的火烧云
苍翠满园　蜇伤赏花的人
这个夏天会很美　娇矜的蕴味

伤口烂漫

四月已过去　熟透的冰激凌含在嘴里
蒲公英的振翼磨亮你的名字
更长久的妒忌胜比花期
诗的情愫恰到好处　露珠与星空媲美
高大的是毛白杨　灿烂的叫蔷薇
夏天已到了红领巾的拐角
把旅途变成月季
一枝玫瑰色的掌心敲开纪念的门扉

一块补丁盛妆你的嘴唇
留住了思念的体温
田野开一朵狗尾草　笑飘飘
叫嚣的美暗自开合
有你的海滩颤抖得更糟糕

时间控制得有点潦草
皱纹是今朝我最爱你的沉默
看春风的指纹有着你的肤色

一个黄昏挽着另一个夕阳的寂寞
在旧月光里散步
在初夏　制造一场关于流亡的游戏
今夜我是你骄傲的伤口
在春风的影子里闪耀
尖顶的教堂　有婚礼流淌
温暖的气息　像你爱过的距离
直至天空装不下胆怯的星雨

玫瑰花旬

沉睡的月亮过分关注夕阳的晚年
就像你会醉倒在自家门前
纵欲蔓延　百里霞的植被闪着五月的柔光
会为另外的相思点亮
用联想为一朵石榴打分
平静地剥开我受伤的肠胃
抬头望天　春天的发丝坚硬如铁
黄昏花夭折的痛苦是如此浪漫

多情的玫瑰放飞谷雨天的颜色
美好的光景被我铺张
爱情的果实擦肩而过
蝴蝶全心全意在窗前滑落

谗言收获了满山的枯黄
月光让廿年的岁月凉了丰臀
迟到的云雀他们依次出现
整个雨季　在我眼前

曾经说过的话在风中抖擞
紫叶展开叹咏的舞姿跟我疏远
必然会有一滴泪在冷热交替中巡演
厚实的往事　虐待了一场游戏的开端
一朵拥有爱情的紫罗兰　花香缠绵
春风没有为忏悔的岁月　也为我狡辩
枝头春雨在你回忆的伊甸园点燃

一朵茉莉的清弦

晴天白日喝下一壶杜康酒
与李白治愈乡愁
想象那年的芒果　果园中深藏
木椅子的恰恰声　隽秀清弦
月亮也被心情吞进肚中
遭受无与伦比的相思
在漫长的言辞下丢弃一朵茉莉
凉了千年的唐朝

一些语言丧失吃惊　和一些诗句毒蝎文明
腐烂的夜幕奔向我的星光
反胃着你的大红衣裳
守着贞节牌坊　一粒火恰如梨花
嫣然的羞涩　春天的天使要飞翔

明月清风　相伴素面的桃红
蓝眼睛的蜻蜓托着童年
花下醉死　容我不眠

以我的方式　为你的婚礼治病疗伤
薄薄的双翅上拒绝了一切体内流淌
爱过你的一小部分
连同文字的负伤　一个轻微的手势
漫画成五月的脸膛
一只海鸥细碎的脚步挑开夜的乳房
起伏的草儿与结局咫尺天涯
霓虹在目光的缝隙中坐落成渺茫

一抹霞光最牵情

伸出矫健的手指　慢慢咀嚼思绪
就像大海在狂澜的风中体味
你光芒不变的眼神　月亮落在窗外
我们的爱情降落在同一处光辉
手划过我的梦境
整个夜晚的静谧把我的田野打湿
字迹叛变　用普通话的语气
五月的苍凉击活我的情欲

一湾泓水被山风洗涤
你的唇划过　天幕一味的低沉
花色的懵懂　如斯的忧伤兀自背弃
让这些温柔击中春风的要害
与我细腻的思念发生了碰撞

把我埋在月夜　情书被灯光刺破
月光涂得流离失所　曲终人未散
故事将被带向古老的水葬

竹林悲啼　披风弄皱了光阴
毁坏的路径来叠我的斗笠
绿叶托着红花摇曳　目光与目光交叠
懂你的心意羞红了彩霞满天
抬头望你　只见月残孤影
那缕情踪对着火红的晚霞沉思
红又亮的那一抹霞光最牵情
增添我一份相思的厚重

弯了莲花朵朵

飘落的一种享受　白色花瓣
一份圣洁　心情淡然
曾有一颗超重的心
沿着一条网线情侣相牵
友情相宜五月　虹线悠长相恋
小雨淋湿了记忆的苍天
拈一片白杨放在唇边
开始这个季节的思念

通向你内心的沙滩　夜色包裹了绿叶
弹奏的竖琴声　绵绵悠远
我的那些往事还晾在你的阳台
试图捞上一些水草　去威海听海
毋宁微笑　拖着阴影

像一只坚定的兔子　吃些湘菜
新的窗帘只遮住了玻璃的一半
目光打着弯横切我们的情史断面

花香四溢的黄昏将我压缩成一个点
我们曾经的暧昧都被切成了碎片
不能被随意切割的往事　脸上有雪
树枝压弯了莲花朵朵　肆意散漫
散乱的琴弦　试图熄灭一场夏日的热
空中的镰刀渐渐钝去夜晚
你变成了我生命的另一把阳伞
爱情已经忘记了愤怒和谴责

中阙

金牛集

梧桐雨

阳光高大　灰尘盛开在半空
鸟儿把此时此刻的光阴赠送给我
绿色植物的啜泣　凌乱了向前的街道
步伐铿锵有力　是你身体匍匐的陪衬
棕榈高大　芭蕉无声
江南随意抓住一块思绪的碎片
你是东湖里稠密的气体
被爱情用谎言托起　自由的风被屏蔽

雨伞高高举过头顶　遮住了太阳的洗礼
你的翅膀划破天空
伤口却被暴力填补　开始窒息
多舛的剪刀　云浮在弥留的春季
我是你的拓荒者
从容地迎合着五月的心理
银幕轮番上演爱情的疲惫
和婚姻的利益

还是向往逃避　网粘着一棵梧桐
和另一棵白杨的牵挂主题
是蜘蛛巧妙的周旋　爱情浮躁的倾盆
一畦韭菜被平庸诱惑
感动于茂盛又葱茏的经典戏剧
遭遇的一个夜晚收割一番短暂
一束束鲜嫩的故事如柳絮飘飞
发布了依旧如故的梧桐雨

雨花轻溅

夜深的窗外　星星呢喃
骤然隐去沙沙的雨花
轻轻地洒下那散碎了的眷恋
用潇洒的枝繁叶茂　轻溅回忆
窗棂撩拨着我悸动的心路
你轻抚着古筝的梧桐
在恬淡幽静的雨夜中轻风细雨
桂子山从我右边匆匆逃离

在草的幽深的羞部　爱情的锈迹破折
一些闪着光泽的语词移走了白须
心事是一丛青草　褐色的苔藓倒立
丧失了玫瑰和利剑
通过一些隐秘的风景

柔软地碰撞　默默抽泣
草根的香味敲击着我正值月半时分
你在杜十娘的船上　正一点点地碎去

在爱情上绝对具有的可塑性里
我将盘踞在一块苍凉的风中
来判断一棵松树的表情
既然像一粒蒲公英轻盈的种子
白发的老人已飘过你地平线的边际
若从一场春风掀开的桃花
怀疑一个被宠爱的履历
就让邂逅成为一个无底的谜

朝阳醉

是在你的窗台　翩翩飞的蝴蝶
行走的故事　至今没人靠近
菜地有多少个秋天充满了道学
睡醒的蛇　开始怀春
有多少气味　从十月消散
纹理早已不再清晰　如暮色中的皱纹
一颗已经弯曲的夕阳开始沉落
黄菊贪污了晚霞微弱的光　沉甸甸

一枚往事的钉子　长得笔直
惬意如新添置的孤独　等着远方的情人
窗外的冷风　你已逝去
幸福递减着沉默的七分醉
成为一滴泪珠　贴着灰绿

灰绿色的海浪递增的辽阔的黑
寒露来得让我毫无准备　溶化一点点夜雨
寂静而荒凉的故事已无可挽留

烧荒的火焰夹着草屑一样的酒杯
薄暮中像一个个跳舞的巨人
溢出来眼泪　又溜回去了回忆
肌肤可以亲　一个欲望丰富的潜水
一个属兔子的男人钻进花丛芦苇
你不吃窝边草　没有思想地憋着气
月季花盛　虚拟成疲倦的小溪
岁月总是跟在后头　一匹烈马扬起前蹄

彩虹桥

风雨忽来　谁是谁的荷花落
芬芳的音乐滑过　午时三刻
两千里外　隐晦密集白色的羊群
衰老一个夜间的心事
收敛了我有无用的肉身
松针铺就密谋之旅
云朵占据冰凉的一秋溪水
你的灰色裙子　已经更灰

牧歌喝着鲜美的月亮
一匹私奔的白马横空出世
咬碎了一朵一朵钢铁丛林的白云
低首走过孤独的绵羊　被灯火驱散
你最后成为一团团乌黑

一阵风温暖的清香

把你想象成羊

把星星擦亮

来历不明的鸽子

耳畔的野花带来了缥缈的画外音

漫步一点点的紫

一支苜蓿开在远处

天边的云霞是地平线的未央

夜色正在下沉　你是唯一的彩虹

长发屑在夕阳斜照中飞扬

黑得发亮　小小的茉莉花香

北斗七星

你走时百合花开得正是灿烂
爱情蜿蜒在崇山峻岭间
弯曲那些拆不完的黄昏
戳破一个飞着的肥皂泡
与忏悔毫不相关　蚯蚓主张用树叶
一个叶柄推倒在大片的乌云中间
你渴望雨下迟一点　日落之前
把编好的辫子解散　幽想我的蓝

时光中编进一朵紫色　不必弯腰
弯曲得像一个过去式的问号
拆也拆不完的黄昏弥漫
组装的霜降还没有回来
台风过后没有一片落叶属于白天

雨水淋湿了半个背的夕阳
把右手交给左手　夜莺抹去泪
一桶裁得整整齐齐的甘蔗　攥着地下铁

忘了修剪诗中的残枝败叶
青光的理想脏了菊黄的汗衫
微蹙着眉头　抵着了太阳的额
汗珠亮晶晶的八月　长了茸毛
缓慢移动的相思像一架老水车
吸一水烟壶的鬼故事　与打仗有关
背朝风弯曲的雨夜　淋一条你必须的黑路
闭上眼睛想象你的白

泻落的风

藏进沙子　阳光很好
碧蓝而开阔　十月的红叶抵达海
一望无际的颠簸　爱恨此起彼伏
我已经感到另一层的贫乏
始自内心的那片暗　拆解这样的夕阳
自卑像野草一样茂盛
记忆对抗我视野中的辽阔
褪去阴郁的衣裳　一个孤星绚烂

楔入指尖的钉子　疼痛蔓延梦乡
秋风拂面　眼眶潮湿了被磨损的水岸
还没见到春天　情节里的桃花仍鲜艳
诗歌里长出了嫩绿的叶子　即使是白天
越来越近的暮色　短信如尘土飞扬

山空易变　遮蔽歌声
如你的情绪开屏在光鲜的羽毛下
笼罩着人们快乐的短暂

灰朦的半空飞　脸庞有点暗淡
往事不紧不慢地走出斑马线
加了件橙色的秋衣　晚风拐角之处消失
一些叶子感受到你倩影的飘摇
又是大海的波涛　翻卷出我的睡梦
是一张旧沙发散落着庸碌的生活
记忆的一点浪花　打湿了呼吸的干涸
你一颗海蓝的心　陷入别无选择

孕育

秋夜匍匐在风雨的底下　散落着的灯火
你犹如树枝上的柿子　如同蚂蚁
一幅生动的图景闪烁着霓虹灯
回眸一只寄居的虫子　比喻昨晚
教徒　一盏盏明亮的灯
海天之处　落日走向殊途
归船驶往我的爱情港口
涛声推远了云霞　你满怀踌躇

时光缓慢地蒸发着窗台上的绿萝
你缓慢地长着抬起头　转弯的痛
午夜的公车缓慢地走　阶梯上升中忍受
胃里慢慢膨胀　这些熟悉的面影
白色药片有深深地信任高高的写字楼

有一个房间就有一个抽屉
抑止一切路上的苦痛　你那小小的黑影
一只蚂蚁在阳台上仰望星空

讲述心事的宁静　你是自己的信徒
从小黑屋搬　夕阳的内心无所适从
碾出了轮辙　不觉得疼痛
又是一个相似的黄昏　即逝的感动
窗台的苹果内心干瘪　雨水留下痕迹
如 13 年前的脚步声　没有深入你的内心
潮湿的速度　纷飞了雨水的夜空
今晚如此静谧　生命如此简洁虔诚

花溅糖

深秋偶尔经过你的拖鞋　嗅出孤独的味道
十月眺望的结果　逐渐呈现暮色
爱情呈现长条形　有方寸之地的景色
些许的慰藉归于历史的你
澎湃是大海　与一个汉白玉的仙女无关
短暂而软弱的喷泉
匍匐的一个春天　告别花篮
浇湿的诗体　空虚的背面是怀念

打鹰洼俯瞰东山　夕阳温和
谁拣了只受伤的风筝　楼顶观风
有几朵赶路的云彩　慢慢地飘着纯洁
你爬过山　蹚过泉水游到海
坐看云淡　远处变远

忧伤绕地球一圈　仿佛浮尘
一不小心落入我的眼
有点涩　你不由自主掉了线

生病的水龙头　执拗着故事的伤痛
恪尽职守的摇滚碟片
隐约有人汗渍　青皮竹片成为平面
冷风景垂直我拼接的日子
酸枣总缺乏安全感　抒情的零点
时光有着一个阴暗的斑点
闪烁了一下　如同冰块的碎裂
梦着一场初春的雨　才思枯竭

北京时间

梦着雨后　零点静寂的黑色
坚固而虚茫的树荫
失去了涂抹窗外的小树林
一块老怀表　飘散了内心的芳香
十月同一枚黑色的挂钩　钉在时间之门
想念你的沉思　寻求香椿树的安慰
整条大街已经穿上白色的袜子
幻想在黎明中仍能看得很清晰

一棵棵红叶树　保持着香山的戒备
黄了的草　真作一场假戏
微弱的风疲倦的纠缠在一起
朦胧我夜色中的小树林　无声依偎
女人的短信　从远处挑来溪水

培土那些掩埋的纪念碑
声音是一把记忆中的小锄头
迫近薄暮的相识时期　让胳膊变绿

不规则的恋曲　如同晚霞失血了的心
生活将左腿搁在回忆
某首歌在你的窗前离去
一片落叶轻轻跃起　黑暗突然清晰
把自己想象成一场瓢泼大雨
飘飞的白窗纱　轻轻挣脱你的空气
斜织成清凉的几只鸟雀　跳过高枝
一如呵气成雾的红围巾　盘桓香峪

厦门风云

抖落黑树上倾斜的青春
月光有毒　半夜叩门
压碎你的光影呼啸驶过小镇
谈论是非的深秋没办法让黑的变白
故事站立暗处　你披白衣
日光岩仅剩下的美丽　拥抱着沟壑
除去冰凉的海风　远去的鼓浪屿
思念在寂静的小巷深处

站立望京楼的山巅　你衣袂飘飞
阴霾还没有散去　难平心绪
絮状的云朵　分散了一些灰
是我虚构了你患失的一部分
你的蓝与天的岚相互映衬

穿过薄纱般的睡裙　爱情伸展了你的妩媚
往嫩绿里看玫瑰　草长莺飞
我槟榔的味道带了进去

秋菊浓妆了你的暧昧
十月的月诡笑出一个健壮的喷嚏
一棵发黄的小草　跟着笑出眼泪
汲取雨露的背景与接吻不合时宜
被挑选的过程忍受着屈服的黄昏
夕阳打着瞌睡　以隐忧为轴心
是无声无形的恐惧
斑驳了胡须　我的心事浅浅憔悴

栈道

木桥上的霜渣细密旧胡同的皱纹
你的感情深藏在抬眉纹里
夕照柔和地铭记着夜色的荒凉
我幽暗的门洞覆盖你的村庄
被一碗米粥的清香烤着时光的冰凉
九月木纹一样有着黑痕的眼神
一枚簪干瘦的喃喃的回忆
翠绿的镯子空洞昨晚的月亮

拐杖对着巷子的道路敲发困
被褥都有了故事陈腐的气息
幽静的脾气　物是人非
那么多内容想不到词语
寂寞又结愁绪　悠远的长廊的回音

相思游丝般攀缘　冥想的末梢
诗中即雨　是规律之中的迷离
只有忧伤着的灵魂　一只受伤的小狐狸

夜间跳跃了一下追逐的秋雨
狐步返回　不舍昼夜的半成品
要去经营余下的光阴　斗智斗勇的博弈
看待每一天的卑微　捋黑胡须
只有那悠悠青云　添一首小诗豪气
酒肆多过街头的马匹　真酒假酒皆能醉
举起杯　喝进肚里仙气
陷入愁肠　清香草泥悲也喜

焕翠

披衣倒秋寒　三尺难得的温暖
被灯光逼退随风拂面
凝视影子的池塘　波澜不惊的脸长
风依旧小时的模样
小鱼游过青山绿水倒映
岁月的褶皱无声层叠　雨打芭蕉窗外
墙上苔痕　仍是浓淡相宜
你不是深秋的最后一场雨

细小的云滴　如你熟悉的声音
聆听着不同的况味
大大的绿　被灯光照出历史里的墨黑
香烟缭绕的过去　箴言沉默不语
说起过的树林　一场大火灰烬

那条清澈的小河　荒芜了失修的水渠
一柱炊烟升起　谁还杵在那里
等台澎回　鸟巢伫立的柿子林

浣溪流潺潺　陌生的秘密
古榕树不堪一叶听雨
寒面泪　三更柔柔的回音
搅拌咖啡　让上岛的晤面有点不适
是杯卡布奇诺　香浓往事的苦味
此刻登上山顶　遍插茱萸
余下的跋涉　我须谨慎
一口一口喝下汗水　疑是眼泪

繁星点点

瀑布向低处流泻　脚下一汪深潭
失明的葵花　划出一片沉默的湛蓝
一再提醒天气阴沉　隐入树丛
机场前开满火红的荼蘼
跃上你的山岗　玫瑰遥望鸟群
月满西楼　夜色弥漫不能言说的事
近处的雾霭　迟迟湿润火柴
炊烟的银饰　缠绕着豆藤紫色的花瓣

遗失的童年　渺远的呼唤
一只鹭低缓的风等你出现
不知哪只羊　悄悄走上了荒凉的东山
杜鹃开在几个月前的一座神坛
有一座废墟般的露珠　洗净般鲜艳

几根去年零落的香烛　拂到红叶的脸
一声鸟鸣的背后　幸福路途遥远
15 瓦的月光突然那么耀眼

故事里躺着两个鸡蛋　用来洗脸
纤尘不染　一个海蓝的午后的天
游荡的绿色垂暮色于瞬间　不要采摘
一只白狐的丰满　用微笑收集秋天
嵌于心事的阔叶垂于窗前
我们被夜晚双双地安排　为舞姿旋转
十月释放了所有的油烟
霜降过后　我的白天越来越短

狮子集

吻

有一些浅黄的小花抱紧我
一如海浪抱紧风
我是你手中的掌纹
带我一夜腾空而起
被你捏在手里　你毫不在意
红色的滑梯　屏住息
多少个不可再深的深夜
只有笔尖才能够承受

鸟儿扇动的翅羽

你并非出自爱的必须
那显影了往事的湖水　如果叹息
就飞翔流水涉过千山万水
秋天就请给我一个湖泊
月亮都有雪白的翅膀
星辰寂寂　四野低沉
你在哪里

只有一次记忆因疼痛而美
爱情用牙齿把我咬紧
一个音乐台阶　顺着香山的旋律
我想进入你的内心
以音乐也不能比拟的速度
覆盖了整个太阳系
离开十月　树叶已经落尽
无论多远我都不疲惫

写你

继续缄默吧　旧相片里的秋天
让我想起秋千
行囊的酸雨　看蝴蝶在飞
不能惊动　小心地竖起食指
放在唇边的睡
身体之外都不真实
我推开大门　相思那么稀薄
一会儿就消失

在湿冷的记忆　钟声响起
自来水管破裂在夜里
往事的过节像地面的枯叶
等待一只簸箕　冷空气一夜降临
手搓得红红的　像香山森林

打开一张白纸　用橱窗蒙上的水汽
陆续书写人生端正的字迹
下了多年的霜　形同静止

离离衰草　你星眸含笑
有没有耶稣　都没关系
沸腾的欢乐　是属于自己
仿佛漆成彩色画上的樱桃
柔软的娇躯　雁哀时风正起
似小女子哭泣　倚门而立
秋将尽　不确定的事　想不起
只能晒太阳写首诗　偶尔写你

落空的怀念

秋天是一种带刺的植物
只有一个人的怀抱温暖
落地窗扫过目光的三米外
你变得虚弱　有了成熟的爱
子夜时分　麻雀啁啾而过
一簇簇的黯淡　从树下走过
三千年欢颜　落叶没有你顾念
就让秋风席卷

有路灯的地方也是夜晚
今晚和昨夜的不同　不能醉爱
最亲油画一般的原野
黄色的小花和斑斓的蝴蝶
捧住你美丽的脸　相信了神话

爱情在心灵上盘根错节
相思太短　遗忘就像洗牌
快乐的谁被染成一种玫瑰的颜色

你背面是澄清的白　淡淡忧伤的纹路
风中晃动的蛛网把我俘获
你落空了怀念的古典
所有疲惫的继续疲惫地睡眠
柔软的水暂时裹住昨天
爱的灵魂是湿的　热恋时才温暖
那些我所留恋的　都是茫茫的一片
就像刷油漆一样覆盖了童年的斑点

撤退

爱撤退之后　你慢慢变硬
像一枚黑色的礁石
在黎明前也会变黑
找个清凉的房间坐下去
找一扇朝南开的窗户　让风吹
风吹走的那些失望的气味
把很多童话加进去
带你去看昙花的许诺　许诺再开一次

中秋从来没有迈上我的心坎
把硕大的花瓣停靠在街边
发了一条短信给春天
停靠我的寂寞的一滴水
重新放入当初的穿越　不动声色

夏季都攥在掌心　攥着另一个费解的谜
把远方的心交还远方
我选择离去

留下柔软的发丝　你伤感的眼睛
留下浓黑的眉　说好不哭泣
以这样的旅行逃避　像窗外的木槿
弱不禁风的风　雕出一个从前的你
夜晚被高楼举至清冷
海滨听雨　由远及近
那些浪潮的氤氲已然飘渺
忧伤的不只是我　也有你

娇嗔的泪

靠着我瘦削的肩　冷静的表面
潮汐如温热的血液
红色雨伞映红了你的脸
硬币上的图案
心底是一片没有涛声的海岸
往事像一只白色的海鸥滑下窗沿
有这么一个日子　滚入黑夜
你的出现　在我两次呼吸之间

我的一次醉眠之后
属于我的疼痛　经历恍惚的错觉
任一段往事与另一段重叠
流着泪看旧相片　别人打着伞
我的舌根在打战　天还是蔚蓝

像这陌生的街头　十月体会到的孤单
你却怕整个秋都听见
我用黑夜藏起那些从前

用一滴泪水藏起哭声
掩藏多久的麻木　如同被失眠
皱褶不经意地划过紫罗兰
丰收的微笑宛如半开半合的花瓣
面对空着的那张椅子
为了忘却的纪念
记忆就像开水　烫坏了初恋
那股芳香久久不散

瘦琴

握紧我干瘦的手　点点头
这安静的孤独
醉行长街三五友　谁比浪子瘦
杂树生花香淡无
同落荒丘残照里　身畔响琴胡
染黄几丝头发的往年
沙滩侧坐看夕阳　寂寞鹦鹉洲
江上白芦苇愁云密布

一些鸟在我心事上绕个弯
铁轨生了褐黄的锈　伸向目光尽头
未褪尽农村的肤色　夕阳闪着年轻的光
最后一班火车载走了热闹
换不掉一份心情　红润光亮的脸

橘子的陈香　透过九月的栅栏
必将在余生去思念
潮湿的青苔　天下狼烟

为数不多的阳光　伪装铁链
找一个宁静安置你　佛前
寻欢的酒宴的散　找到摇头丸
一只单腿白鹤伫立江边
时间不曾流逝太远　失明的人蒙上眼
身后已满目疮痍　自己不再孤单
有几只失恋的灰鸽子　衔着一块黑飞远
这尘世中的离合聚散　无不循环

丈量怨艾

在同一天抵达十月的天空
海水蓝得　一望无际
颠簸此起彼伏的爱恨
你呈橘黄色的黄昏
有着沉静之美　轻抖着柔软的心碎
爱情的周边　蔓延着细小裂纹
我们的故事从中间开始
反复经过那些阴雨　风穿来穿去

是你最后一个短信　昏厥了西山晴云
临睡前昏然记起　天继续黑
发热的思念大汗淋漓
在苦心孤诣的一首诗里有人叹息
一些心事正在拼接头发上的苍耳

虚饰的这些字　赤裸着河川
水杉的伥望　灯火隐晦
混迹其中的阑珊　红叶密集

欲望一夜间的衰老　秋就来了
我有收敛去年长安的阳光
你的笑有涩涩的清香
嚼着草叶　一个人坐在夕阳
我爱着绿色　帷幕垂荷叶苞
朝欢暮散　望情于一个街道转角
你的菱花镜照见了爪哇国
等你此去经年　我慢慢苦捱

归寂

松针铺就密谋之旅　夕阳下无题
尘土于颠簸之后　红叶窗前张望
回声扩散　带宁静入幽远
云朵占据你的天空　溪水冰凉
灰色的阳光　裙子更灰
那荒野之上　月亮甜美而空虚
我孤独如一匹挣不脱草原的白马
你还认得去年的太阳　照临墓地

植物园镀上金辉　倦鸟歇在剪影的边际
越来越陌生的风吹动香山会
溪泉断流　看月亮横空出世
十月悬在头顶　热恋的声音低吟
请允许暮色降临　贴在廊桥的一次温馨

以徇情的方式陷入黑

微弱气息　沾湿衣巾

一个子虚的女人遁入谁的山林

很节约的黄昏

无所适从地相信你

一如在风中招摇的枝叶　越走越冷的伤逝

心事下坠一米　我荒谬地静止

沿着无心的绳索攀爬

失血的秩序

可以下在任何时候一场情雨

猝不及防的溃退

长熟了的记忆

你远远地走来　敲响大山的沉寂
淡青色褂子　腰身轻盈如絮
爱情有着鲜嫩的肉身
一首叙事诗要远在十月之后沉积
拒绝叙述　需要突如其来的抒情
花事倏忽而过　像是睡
香囊暗解　次弟地亮一场雨
山石静静为你祈许

时间在一条经纬线上虚拟
排除了你　有一堆轻烟缭起
山路崎岖　你移动的空气
成为一株吸满了水的草莓
八月的溪流　长成了记忆

无休无止的紧闭　那时有点迟钝
一团微弱的光离开你
往西　也是西游记

无藤的葫芦　吮吸着光阴
向内收缩的时间隔着玻璃
一片褐色的叶子　收不到春风的信息
三个沉默的火枪手　戴着重重面具
变形的圆梯　英雄的母亲
那个季节所有的雨丝　褪去阴郁
把你从我的深信中攫去
对抗阔草孤傲的自卑

天蝎集

花飘的涟漪

湖水碧绿　垂柳扬花
黑暗很轻　你与孤独类似
细小的花飘在涟漪上
沉入水底　栽一道篱笆
夕阳漂在水的中央
盘旋的鸽子　窃窃私语
花的心事
柔软一点十月的早晨

蜻蜓低飞　苍山平举

不是纠缠的水草　相互对峙
晚风把一切安顿就位
开始缓缓地吹　夜莺歌唱
把宁静的夜色均匀地铺在往事
低处的自由　隔着水面
跨越溪流之后　两个版本的沧桑
爱这夜色茫茫

蜿蜒向下的哲学
好胃口的草原卡在时间之间
背朝黑暗而坐　望你浩瀚青翠
悲伤缓慢扩大　不断缓冲的雀斑
抚摸黄昏的脉络
一朵花正在枯萎
风又软　歌又干净
从另一只眼睛里看天空

破碎的黑

汹涌而至的潮缓慢合上
越秋之后　水洗的葡萄
很容易被黑夜弄脏
白衣衫从胸口碾过
房间很小内心很大
有一些声音在空气中破碎
四周弥漫　一整夜亮着的金黄
吟诗喝酒时　夜一直发烧

移动的晨曦　睡眠刚离去
谁在敲打瓷　你似乎毫不担心
降温了语焉不详的琴音
千里之外　如同伤心
在某首诗里一再强调天黑

星星因此寂灭　白着一张稻草人
劫后的乌云　大雁早早南飞
像某幅油画里眼神凝固的女人

说柔软的话　凋零之夜
船从江面　悲伤的哭泣隔得很远
空气里持续生锈的问题　陷在故事里
午夜的风中你的手温热
夜色倾城　无边无际
空气中有你的呼吸
不管到哪里　都撞在我长亭外
是在哪个秋天　触目就黄了树叶

月儿比喻

淅沥的雨声　夹杂着一两声鸟鸣
有一颗随时可以流泪的心
以酗酒来淹没的痛　想念中药的味
近处浸润了你的头发
暴露夜的青春豆　低温中发了信息
在更远处打湿了开阔的海水
一缕白而淡的烟融进薄暮
一轮消瘦的月亮　挂在灰蓝的天

隔夜的黑　在瞬间黑下去
有点发炎的红叶掸掉烟灰
飘散简历在人潮中蹲下
映照佳人　以此相似的比喻
一群沙丁鱼　按照次序起了身

埋着那肉腻腻的呼唤
是十六岁那朵栀子花开　清香扑鼻
杯里的茶水在下午又空了我的思绪

一缕黑发垂　犹疑偏西
最后的抒情的雨　展开我的词汇
强大的心情一碰就会碎
花朵怎样开在黄昏
暮色路过一座道观　就随便进去
听过去的钟声　绕过石壁
白云飘在翻动的过去
我选择让书页缓慢抄袭

心事藏着美

圆润的一滴水往回走
石头伏下双膝　瞬间化开侧身
风将黑暗吹破
谣歌曾穿过江堤
暮色没来得及翻过身
风筝在树林外轻轻抖动
隔着空气　一缕夕光悬在半空
一寸之外　莲花次第开放

斑点拍打着短章的臀部
光迟疑地爬向芳心
窗外寂寞的三十　两扇门
穿一件大红的上衣　打开故事的开始
你额上的皱纹多么相似

把两声叹息　藏在碑
山参躺在美丽的山脊
做一道菜给灰蓝的回忆

这束牵牛花颇不服气
闪耀在树的心肺　匍匐下去
一个汉白玉的仙女
蹚不过你天堂的黑　读唐诗
一页被风吹起的黄裱纸
炊烟缠绕着你遗失的淘气
汲取雨露的夕阳还温暖着瞌睡
是无声无形的恐惧接近黄昏

丰满的故事

入禅的姿势　对日子拖延
让长安从身上慢慢消减
走入苇畔　细小的故事漂在波纹
你开始缓缓赶海地　蹚过云一样竹片
拼接云淡　远处变远
冷风景垂直酸楚的生活
谁打捞漫湿了怀念
屏息凝视水面　一盆清水泛起涟

没有一片落叶修剪矮男
残枝败叶加了条理想的尾巴
早晨的第一个微笑打一声呵欠
在一幅壁画中描绘楔入指尖的疼痛
蔓延这些墟场之间　你的茶叶鸡蛋

迫近薄暮　如同晚霞失血
苹果的颜色　如一条骚动的箭
升起一缕蓝色的烟　静悄悄的果园

潮湿的剧情擦亮熟悉的脸
忧郁的颜色　连着密布的乌云
愿为秋天停留　在树叶和天空之间
有疲倦的抒情在向远方延伸
不在泪水中安眠　便在淡酒里虚幻
打了青霉素的诱惑　做了深秋的实验
说到孤独就是窗外的冷风拒绝温暖
寂寞是递增的幸福　我的尝试递减

溢满陶醉

回忆里躺着两个鸡蛋　烧开了洗脸
各地星散　纤尘不染
稻谷初黄的秋天　不能消除麻木
截肢一朵花和蒸馏水
把那个人移到那个故事中
折叠　灯被摸圆
一句接一句纠缠在一起
溅出许多诡辩　一天又一天

不受香气影响的体形
弄得西红柿很不安
忧郁那么软　透明的吊兰
一所房子以时光凹陷
遮住了一个女人的欲望被填满

一件单衣兀自怀念
猫一样的弯曲　从未见过
一种理由　先于错误消失

你遮住备受折磨的侧面
渐露隐情　枯花继续枯
谁伪造了第一人称的虚幻
多胎的野心受到重力的吸引
翠鸟的脆骨闭和闪
一条路被她复述出来　幽谷瘫痪
千足虫死而不僵　缓缓的邪念
静烟直上　人脸沉湎后树枝折断

七色的欲

心脏在跳　一对伪足赤橙黄绿
是骷髅　被人故意镂空
信封里一只死虱子戴着面具
到指定的地方去痊愈
一个相思的立方染着红色
破伤风的女儿身　逍遥身外
秋的助听器　削去多余的枝叶
深处的你柔软　万籁俱寂

液体的句子　自我吸收
被蛊惑的往事裂开　更加幽深
虫声唧唧的监禁中　我是冻得最深的人
四维的美丽　爱情风和日丽
乌鸦在结尾处耳语　霜降没有字迹

黑了昔日　白露的潋滟数度呻吟
堵塞妙龄的伤口　飘浮历经九月郊寒
滴下憔悴　归于凋零之丰美

深夜寂静月下潜　含苞的匣婀娜岑寂
朝里面梦见一朵百合女　清逸之轻
缩进嘴唇　花里有手深呼吸
舌头溺水了小点心　散落在各地
一本适合于嗅觉的剽窃被夜删去
虫子们的男低音　两情依依
低温的檀香　下坠成押韵
冷空气在我的咏叹里日新月异

形而上的曲儿

摆脱了谜底　长大了四周的眷恋
三生石露出裸体　时时有断尾
年轻的薄荷　撤去屏风窸窣
一只瓮声瓮气的空坛　潜伏中逸出
被蛀空的双重人性格散发蠢蠢气味
把身体押在半空　一份肉体简历
一粒粒地解肿草丛中响尾
蝴蝶从颜色中淡出　花言巧语

两片漂泊的声带有了深秋的发音
故事新添了触须　软骨间移动的乌贼
慢性病影子的盲文　浸透了喉音
十月失去年龄的硬度　醉入刚玉
骑着睡眠的树枝上　低泣不语

拟人化的蝴蝶标本　交换形体
醒来表示你正要睡去
纸叠的初恋溺了水

一只苹果卡着一分钟不反悔
短命的景物的奴隶　只服下一秒钟的蚯蚓
然后循沐浴的阳光销声匿迹　一切就绪
鸟在鸟的想象里藏着最后的美丽
我的奢望里落满灰尘　形式上的咖啡
一群穿浅色回忆弄湿了你的好奇心
细枝末节的一首旧诗　散架了一颗烟蒂
有指甲刮过香山的痕迹

思念涨满秋水

旧话题积了水　腐朽了一米
我的诗中没有提到霉变的少女
补充一只甲虫一滴眼泪
用多少有些怀思的往年舔着嘴唇
一头故事里的羊带着兴奋　聚集着恐惧
野葡萄藤乱了四周僵硬的空气
水声随着长发荡漾　一次老死的写真
开出露骨的现实　思念漏了一星期

一串无所不能的省略号　接受怪命题
磕开一只蛋的生殖器
一扇玻璃推拉近　自我戳穿一个骗局
凉爽的消炎片致胆结石
用菊花解决身体里的多余杂音

抚摸太轻　燕子先假设跳芭蕾舞

由七个处女轮流守着一个小矮人

鹦鹉靠羽毛占有　一个童年女孩唤回

夏天坍塌　中秋处于自我复制

房子密集　阻碍了一粒种子的疑团

不断被打断的句子争着打手势

惆怅在雨中发挥　形象塑造不连续

一切细节分布均匀　渗透了小小的暴力

被人弄弯了昔日的汗味

一串钥匙的情欲　虚空了半导体

直线女人剥掉遗迹　形成的泥沼对你姑息

伊人冰美

一只鹦鹉坐在孤独里光着身体
热吻在静物里慢慢弯曲
一件事部分孤立　一块霉斑的青春期
构成了祥和声音　在曲线中说话
爬进一只蜗牛　十分费力
过你的河不容易　仰面打水
选中一个寂寞去吃那条鱼
用细枝嫩叶贪睡　不知羞耻

借助蝴蝶飞来飞去　树叶的多余
五点钟的空虚
造成的紊乱的病人又冷又美
故意回答断臂　寻找温暖的借喻
在失败的浓度里爱情梦遗一汪血水

秋寒反复出现
正好遮住甜蜜的异味
对峙显得残忍　西风起身离去

见习护士摸黑进入雪花
飘起了晚秋的游戏
蜗牛有过多胆固醇　羞处麻醉
未经消毒的童身　因惊奇而弯曲
无名指上去干一些傻事
没有绿色植物的声音
我的思念摔得粉碎
三十年来的疼痛　见缝插针

玲珑剔透的

用葡萄瘦身的女人　空想的手乌黑
设法回避　一只蛹的敬畏
这种因果关系　湿透了看不到的一滴水
伸出十指毫无逻辑　我们的过去长短不一
先是轻音乐　一只猫穿着睡衣
磁石滑过一根棍子漂浮的日子
割断的水藻一如我的歌曲
一条鱼预感被你拆散的软组织

呼吸灰尘中隐匿　是一张纸
风是鸟走后留下的尸体
堆放着旧轮胎的大门　小径独身主义
剧情是化装了流泪　从湖泊回到小溪
灰暗的一个圆弧　哭闹也无济于事

撩起吟诵和叹息　蝴蝶同情昙花的两条腿
丢了魂的僻静路
都要嗅一嗅威胁之后的低语

百叶窗后面的眼睛　变换形体
植物和动物之间的媒人　同置一词
一个圆围着幽暗　空空的身体
用五种以上的颜色抚摸八月的嘴
一场雨中的一滴雨　同一个凶手
使同一棵树结出两枚巨大的泪
一扇窗户如今锈死了熟睡的行人
是琥珀色的思念　随心所欲

落雨

是一根筋　雨中蜿蜒崎岖
是受伤的青蛙　撕开夏天的包围
取一个消化的名字
进一步走神　行云流水
立着一只鸬鹚　一生中错过
爬伏而蜷跪的仰睡
被无中生有的水烧得坐卧站立
遍地螃蟹痕迹

把重量交给蝴蝶泪
无翼的鸟　羽未丰冷处理
新陈代谢的伤感　四周一片红叶
西山洗好了一副牌　发着芽等你
空间骑在墙头田野压蔓

心事涂得五颜六色　不留一点空白
破碎一直是至少午夜　从沉思里回到隔天
一遍遍地捶着的腿风湿了重阳节

含混的诗句　在你的河对岸
蒸汽浴中的少年　证明了细节
出去一溜烟　走廊里的空白
放出一只鸽子　寂寞难耐
可以栽下一棵树　等你一百年
从未见过花蕊　适应这种分裂
灰尘还在落着　一节节登高的片段
那样一副滑梯　让心病回到胚胎状态

红骨朵儿

旅行的角色在一个圆圈里转
让黄昏停下来
深秋比身边的山水走得更远
属于我的时间　携带着故事的短暂
从这里到那里　是一条爱情曲线
在结束之后继续　编剧开始之前
不小心吃了蝴蝶　西山有两种红色
一只包容蛹的静谧冬天

很多霜聚集今天　尚未消化的回声
四通八达　对欲望的钳制均匀发育
一件半成品在黑暗的车间
咬牙切齿的霜降任意改变
重心承担了恐惧的一半

来到山顶上　闭上十月的双眼
让升上来的雾　沾满你的肩
夕阳的夹层间里洋溢初冬的快感

受害的回忆涌向伤口
腐烂了开始时的一个点
圆心是圆的原　掉下一块铅
捕食着兀鹫涂黑了房间
叶子随之红了香山
压着我的私生活　从起点到终点
失眠的窗户　使拼贴画露馅
透明的比方长出了形状敏感的水仙

茁壮的新绿

绿洲对着我的颜色　抖出告别的话
一副银嗓子向上卷起覆盖的面积
保险丝冻掉了牙齿
深处的鸽子　匍匐在箱底
被假设了如意　湿海绵地继续下去
拖着蚯蚓的身子
发自内心的皱纹　物理态的细微
我怀念你的时候　天还没有黑

谁藏匿了你的遗迹　囚禁在玻璃球里
你不要那么抽象地惊起的浮肿
挡住光线霜化成雨
一如麒麟伤口受凉　滴水成冰
暗房里两片黑叶　戴着钢盔

一棵红树　兴奋得没了骨头
追上形式感的孔雀　半夜被风轧碎
把我拴在声音里　橘红中失身

今晚呈酸性　滋润着我这样的老人
为骨髓穿上保暖内衣
巧妙的几何原理　卷走了我的位置
变紫的苔藓散发着少年气息
面如死灰　东墙闭目听曲
是蜥蜴拧开阀门亮出忏悔
被呼吸弄臭的空气说是蛤蜊
朝你吐鱼骨头的女贞　抽出新绿

草盖头的露珠

断了一根肋骨的梯子　血盆大口
用我的过去　消灭你漫天的霜降
酸枣子东躲西藏　隐瞒不了你早亡
一棵枯树扔下小提琴　胃里全是花瓣
艺术遭遇裸体　空房间里倒出沙子
枝条四面伸展　向外倾倒烂半张脸
只卖蝴蝶　将树枝压到最低音
用植物打比喻　钟声和悲伤混合一起

周期性的沮丧　选择一二的形式
享乐的螃蟹　横扫我的氤氲
有些词语　绿色掩映屏住呼吸
将草莓理想化的鞭策
够一个隆冬的寂寞之需

一个身子一分钟的美丽　空气清冽
变得纷乱的鸡鸭猫猴子　做好了准备
丝绒结构的午睡　情绪化地择其一

那些不明确的蜘蛛少有机会
笼络葡萄偶然飞去
身上的青草味潜伏在哪儿
一丛雏菊求得平衡中的享受露水
造女人一样的句子　避而不闻
还宁静以声息　月亮必然经过处理
身材瘦削的秋季　胸中无回忆
说几个短句　伤时视觉清新

抛物的分贝

两个桥墩之间　目光的片段
灰色抛向天空的鸽子
你由下而上的撕裂感
未经世事　木质结构的清静
生活清晰流水之间
分清高和低的徘徊　却下不来
夕阳爬树编造出来
纵身上了树梢的绿叶

蓊郁的你站在荷塘边
冬虫夏草的幻觉
楼梯下滑的轻柔享受
愿意与鸟互换角色
弯来弯去一股喷泉

宁愿做昆虫　守候晴雪的时间
换个角度的一道裂缝
朝昏迷的故事发现

一个片段同你一起浮现　很软
使其十月离萧瑟很远
余音绕得不安
一些昆虫吃空心脆
分食深秋的迷茫
瘦小的麋鹿维持心事的跳跃
用啤酒窝藏我依望的空间
一团棉絮　塞不住你化学性的情感

厚黑的抚慰

也是一抹风光压着某个角度
要绕秋日好几个弯　空气一样糊涂
雨雾一样失望的樱桃
看破青山不眨眼　呼吸你肺部的新鲜
一阶阶盘旋的楼梯将十月克制
我爱情里的一根树枝弯来弯去
晒黑了玫瑰　万亩园更软弱
夕阳搅动着你杯中的物质　风在哪里

平静的黄昏没有负担　你水一潭
我孤峰一座　一缕芳香各不相干
红色的漭原很大　脊椎动物的欲望
林木葱葱而下　天空并未开始蔚蓝
俯视着的希望　一根手指放在西天

用 90 分贝的声响调整 120 的智商
老式扩音器呼噜一串　小口径狙击枪
野外明亮　妙高峰美而邪

将酒洒在山坡上　有人吹箫山坳里飘出
好闻的炊烟　漫山遍野的古怪
用一些难题切割树皮
用多情瞄准谁　欲望抚摸我的意思
剥开一首诗的皮　消化尖山的敌人
月白风清　蚱蜢将翅膀轻轻杀死
深秋缺胳膊少腿　往事有了复杂的气味
多棱镜在萝卜地找来找去
你足够黑　塑料面具遮不住自己

水瓶集

接近　了无痕迹

秋菊折叠着离去　将艾草熏瘦
抓着鱼的尾巴　梦见玻璃人儿
月下的身体
霜降威逼之下继续裸着清晨
利用导火索接近　了无痕迹
你悬于千钧一发之际
爱情必要绷直　抵消的失忆
用一程的热爱　瞪着你的仇恨

脉脉含情的波浪

挪动不动你无声的秩序

是接受无形的现实

透明大觉寺的野心

一个四肢健全的大理石

高度着熔化的悲剧

在夕阳唯一的光亮里

我先于别人消失

一种理由拙于言辞

心事无藏身之地

朝故事的屁股上注射的注射器

想逃避　用瓶子收集防腐剂

软绵绵　似是患了食蚁

阳光明媚　随便什么液体

化装成直立的刺猬

突然滑过这么一个美好的词

粉红色的秘密

忧伤的枝条　密了寒气
又太矮你凝成的泪滴
打湿玫瑰枝的睫毛　看尽十月潮湿
谁阴郁的影子陷入泥沼　人生经过湖泊
比油画要美的手　攥紧我的水中月
忧伤延伸不到被月光照着的部分
25 瓦的灯照着回家的路
笑容总是绽放在涧沟　黑暗包围之中

白发有如多年以前的一场霜
津津乐道的一次寒冷
凝视这一层层的相思　令我骚动的渴
夕阳没有了惆怅的时间
晚年初冬的莫扎特

你已不是水果的颜色
亚热带的一丝风　鲜嫩的野葡萄
用诗性的思维想象一堆触摸

一只孤独的鸽子　颠沛流离
单簧管竖着衣领　空空四壁
黑夜落向你　大叶子的默默站立
法国梧桐叫不出鹭的名字
一个街区又一个街区的协奏曲
像笔尖漏下的一滴墨水
窗帘是粉红色的秘密
一次甜美的经历　始自无声的哭泣

乌云是你的短裙

是黄金铺成的冤魂
在黑漆坚硬的墙壁间回应
白银镶嵌的大马车　映照你
柔嫩的肌肤　绛红色的流苏
盛放了黑色的眼珠
一如神谕　不可穿透的咒语
假模假式地言不及义
羡慕古人醉醺醺

写首离别的句　用来流传的天中市
还要在淮水边　驿站接早晨的雨
傍晚的蝉鸣寂静天际
孤帆暮秋　松林静谧
蜷缩的松针一天的潮湿

梦境好似深渊　夜幕低垂
摇荡如闭合的鳞片
在狼儿峪的山谷中轻吟

俯首的山峦溅起细碎的星雨
乌云是你的短裙　蕾丝花边翻滚
阳台山扭啊扭啊妙峰的臀
玛瑙吊坠　有十盎司浓缩的微泪
河滩上闪烁的体温　将伴谁终生
红叶的价值　雕刻着细小的花纹
我所经过的尘世　水中吟
挟裹着香虹而去　冷雨的沙尘中宿醉

秋声赋　香甜冰凉的味

暗红色的雨　我不喜欢这里
还有环绕的群山　依然麻醉
暮色合拢江水　数层细纱淹没
有葱郁的树木汇聚
溪流盛放这些雨水的容器
微澜容颜也变了象征主义
未来太过渺茫　微凉的午夜传来的雨
淅淅沥沥的淘气　你依然单纯

覆盖着一个人　细密故事最纯粹
浸润了散落的黄昏
有一颗随时可以流泪的心
在更远处打湿了开阔的汗水
晴日登上萝卜地　曾几何时

妙峰古道难怪不是千里一曲
横亘的沉沙折戟
不改颜色地站在那里

立秋十日　百草结籽
肃杀的霜降已警告河水结晶
东边有干渠　顶风的云彩
顺风的雨　奔驰着翻叹息
秋声赋　香甜冰凉的味
阴云之上的清凉夜幕
娇羞北风的长兄
遗漏的宽恕透过云彩的缝隙

欲说还休的美人

辽远慵懒的沟壑　纵横着冬的敬意
庄严的满月背负着进化论
袒露胸腹的冬季
一直奉献给耳鬓厮磨
独自享受阳台的美艳　青白色的河水
巨石打碎　芬芳梧桐淘沙人
河水成为溪流　柔软的湿润
陌生了异乡的命运

微风穿过银杏树云
归巢的乌鸦拍打着湖水
朵朵不动产的友谊
一点一点地放弃　脱掉虎皮
遍山红透的杜鹃奔腾不止

江水啊江水　欲说还休的美人
颓唐的言辞都死在手里
一如殉葬品　麻布质地化为灰烬

日暮 30 公里　敲钟拍大腿
只为这无边落寞　连绵骤雨
张着短短的翅膀　像极了飞蛾
欲说未说伤心事
曼陀罗的慰藉　些许的情节微醺
肃杀的杨梅　也像今日这般滋味
沟渠旁虫蛀的一汪潭水
几朵不起眼的红花攻破了我的堡垒

十月澄澈深秋

几片不起眼的阳光　孤零零开放
恍惚中给我无限的扉页加上皇榜
键盘曾有一首诗　将往事忘记
舷窗旁记起　百花妖娆的岛
浮云飞鸟　草木丛生的我
独立沧海地接受你的降落
轻捷的十月澄澈深秋的远方
孤零零的鸟巢像个初生的太阳

疲惫而葱茏的绿开始发黄
哪一桩心事为我准备激荡
平畴万里　凄凉依然是天下的君王
远芳侵古道　晴翠接天荒
灌些黄汤　等三两声惊雷措慌

四五升骤雨　未施粉黛的亮相
散了筋骨的懒肉　风里的藏
几只童年的白鹭驻足于泥塘

谁得似周郎轻狂　红花香
使菊屈膝的跛扈不得飞扬
风将栏杆拍遍　是非在尘埃之上
狂歌纵酒的阳山四顾茫茫
那些奔腾的往事各自流淌
逶迤向你离去的方向
忍冬藤下　是雨水倦息的故乡
红叶带着浑圆的芬芳

霜秋中分夜

回忆在另一个世界
故乡总在小桥边　遥不可及的炊烟
想起乡间睡莲的祖先
冬日刮擦着田野的方言
将在夜晚退化为孤单了
瘦弱的秋将累疾而眠
黄昏进化为蝠　低吟浅唱每个午夜
倒悬于梁　一沉吟青莲

你将一国顷城　千里沃野
汛水汇聚　层峦伏起
簌簌而下的晚秋一越千年
谁将你的寂寞排解　像极了飞蛾倦
多少伤心事　梦回长安

十月里梦中的瓜田　山谷中一汪潭
白霜已过羁年　露水渐寒
深秋月夜　孤单的我依然无恙

金声凉风起　霜秋中分夜
草也不给离别脸色
屠户提着刀奔向畜栏
有着自己的终点　适于描绘的渲染
微醉的鼻息有了细小波纹
指点江山　红叶划了很多曲线
一层盖上一层的泛滥
以手拊膺的黄泉　滞留我在河畔

菊打水面

打菊的手心　罚秋天的站
总是慢半拍正负粒子的灰暗
将枫树变成了红色　不是因为你疲倦
晚秋不停抒发我的伟大情怀
你是我所熟悉的场景　会反复出现
独自享受你的美艳　与我何干
狼藉的午夜　风刮过水面
只有无边的寂寞　层层叠叠

通惠河低声哀叹　看不到你另一面
这杂花的夜晚　三叠阳关
是高症的夜晚苍日清岚
布满斑痕的蜷曲体验着层林尽染
易渡海关　你将是康桥口音的大汉

枯水期的湍流婴孩一般
西出阳关　直至永不再见
乌云朵朵　一眨眼突现

艰涩的香山因你是陌生的孤胆
学着这些宿醉　一样要承担
一个酒鬼的思念　谦卑遍山红透的杜鹃
雷声在十月的前额翻　穿过银杏红杉
细细的茎爬上篱笆的弯
生吃恍若傍晚的白天
消愁的这些玫瑰香气啊　飘啊散
桃子像蟠桃　有些红了你的荒原

思念照临

言说辞世你的弹奏　选择棺木
五棵白杨　厕身日暮
湖水拍打着水杉
只为这连绵骤雨与无边落寞
道出了你的浓雾　压低了嗓门
白昼将瞬息来临　旋涡样的星云
霜降覆盖着厚厚的灰尘
爱情触目不可及

极端的气候更容易被牢记
一抔尘土化成一撮灰烬
场景被反复回忆
舞台被设计　树木悄悄隐遁
只有阔叶松的寿衣飘远香云

浮菡萏　生荻苇
苏州的旗袍女　虚掩着前门
依旧向西的黄昏汇入洼地

哪来的几条洗过澡的鱼
你现在的样子估计已经很难辨认
恰当的冷意　适度与你相宜的距离
曾有的一切妙峰的痕迹　思念照临
一同被新组装得那样美
终日言不及义　羡慕古人
醉醺醺分手在李白的家门
如同顶针安稳我靠港的灵魂

莲台轩

初夏不断陨落　牡丹有了残缺
有一阕泪丢尽美丽的回忆
你是我语言里一袅暮岚
黑夜腹部的沁香
让掠艳的泉源褪尽衣衫
再深一点　绿箫长长过季节
一枚信心的肌肉完整了别离基因
为我的六月种下了这么一个女人

你有自然典藏之美　火焰般放光
一如草被歌声割去　根须的暗喻
虚设陷阱的直觉　銮鸟自焚
谁亵渎了葵花　洞悉了鸭绿平堤
国王已经去了　宫殿空空卧醉

湖水明　酒贱柳逢阴
灯火在哪里　花环在哪里
破晓就来寻找散落的花瓣　雷霆万钧

清晨的微光从窗外射到床上
密叶听鸣禽　恍若又春深
黑暗的王国连同我凄凉的房子
一同粉碎　我收藏了你柔弱之美
带露海棠湿　柳斜风北
你留下了什么爱的表记　一瓶香水
来年的叶　是今年思念的继续
东阡舞步南陌　无花梦残云

情未央

长夜长　咄咄逼人夜半央
呈现的思维因为有光
溪桃琳琅　山雨清润汤汤
藏匿着梦魇的枝头到天亮
谁是为我殉情跳渤海的女子
时间的双手被捆绑　青青的苇笋
从寂寞的繁华回到边疆
只剩下滑进辽河的月光

你的身体一半是风　一半是沙
这一说话　就泄漏了流水的方向
你的视线控制着鹰的翅膀
爱情的高度　是晚霞最后降落的地方
诗歌的火焰在燃烧稻草

一缕风钻进雪莲　终于把黑夜灌醉
戈壁滩上的旧事和恋情
从久被冷落的酒杯里一次次溢出

是的我知道　这只是你的爱
在树叶上跳舞的金光　愁从枕生
雨添好睡　罂粟花唤回我的荒原
吹过的凉风　涌进我的眼睛
清夜的光辉　传给你我心的消息
精彩程度显然超过了后面
沉默潜蕴　劈开所有的障碍
在阴暗而腐朽的新诗链

相思破土发芽

你是醉饮夜色的红莲　相思破土发芽
你有着嬗变的形式　通感的思维
我将尽情地演绎河流最初的陈述
眼眸洄旋　你是悄然盛开的玫瑰
昨夜听雨的夏荷　是情爱的侍女
无物长存　感知海的潮汐
河流的波澜将吞噬阻碍的顽石
滑落的叶　最终没有变绿

路灯拉长的影子数落我的不是
夏风钟情于厚积薄发的诗性
拨开乌云谁可以到达百合的色度
无法改变四季的罅隙
夜水在脖上打着冷静的结

白昼的波长将盘山感恩
柳条下垂着亲吻　水面平静如许
一份惊喜瞬间被沧桑淹没

也是夏夜　初日晖晖
告别的话冰刀一样滑过我的脸
祈祷的及时雨夜行在天花板
有淡淡的光包容时间　穿林水石幽
柔软的生活在慢慢生长
在我黯淡的滩下载浮载沉
双鹊并栖　漠漠清寒
惆怅被一双手抹掉又重新涂满

下阙

双子集

1

常春梦　万事空成

月亮是我今晚唯一的红

旧日漫画　温情牡丹

我有了更多的怀念时间

一些诗词袭击了岁月柔顺的洞口

歪斜的线条偷来一手的跳跃

不被尘埃遮盖　目光落在我的脚下

满山满山的清冷

手里抱着一支蓝色的枭尾花

早醒的心事被回忆　被一些月光追踪

多情染起颜色眺望　倾听留下的远足
细碎而微小的记叙
星星也冷　捏造黄昏里灰暗的邂逅
荷花沉思　陷入冥想
在离开你之前　芙蓉还要捏造一个自己
气宇轩昂　如花似玉

一些送别有着动人心魄的细节
拂窗新柳　灯前顾影叹支离
怀着一副济世救困的眼神
保持骚动中被光触及门扉的情欲
一匹白驹梦随过隙　断色花蜜的轮回
今夜我不会随你的风情私奔
爱情是一种绝症　你无法治愈
注定我的睿智始自相思的单基因

2

六角的白色花瓣　自解春夜单
白山黑水的热恋　经久浪漫
一个大雾弥漫的词语贯穿我
是这样柔软　没有握手也言和

我守着的静谧　摆弄着琴瑟
不把相思的时间拉长　或缩短
便在我的掌纹和诗行中潜行
不用化妆　你也颠倒了众生

唤醒阳光的诗句　瞬间矜情
弹奏自然的美
青山淡淡归风不见弱燕
现在守着线装书一样的牡丹
此刻在时光的柔怀里
你初夏如此美丽的容颜
那一袭曲线的身段　一阕青笋拔音
袅袅青烟　一朵蝴蝶变薄了树冠

和风吹拂　谁将幸福偷走
蓝光的鸟儿在我林中掠过
第一缕烟　琴弦般的碧水
穿梭渤海向你林立
岩壁的瀑布为你的秀发飞溅
要么喜悦　要么沉默
想到顶在头上的蓝
红红的红　我孤梦梦到香山

3

纯洁的百合　开始倾听池塘爱的表述
时间已为生命注释着长途
水晶的解构不能穿透
可容许之美　已在雾水中淋湿
有些足音是难以忘却的尾游
白蛇缠身　我不需要一处破败的庙宇
恰如其分含羞心中的期冀
在翠绿的山谷间把愁绪洗濯

你的目光静静地散溢　隐藏芳馨
有出浴少女飘逸的舞姿
寂寂忧将暮　夜色不能再黑暗的时候
爱却无悔地坚持　双睫思栖
求一个属于自己的天空
篷窗下　夏雨压迫我
你的笑容把我包围
是心与心今生相系的唇语

我夜的舞动　丹青追求完美

深绿色的潮水静静地呼吸
夜阑抚几愁　你梵依的矜持
竹海之风涤荡你的胸襟
那起伏的是谷底中的回音
薄雾拂过更浓的黄昏
出岫云多态　万里不在有云翳
忽已深　倦登临

4

你青色的海岸　温润眸光
紫雾掠过你地中海式的触角
透明的诗歌一如质地的琥珀
在清朗的眉宇间闪烁
坚持多年的孤胆　宁缺毋滥
窗深梦亦孤　迢迢夜未央
你坐忧国　我凝神而往
迅速模糊不需要的战乱和北风

水鹅群鸣　思念涕泪纵横
乏倦消隐你的心　眼中尚有睡意

孤舟镜湖水达到一个波澜不惊的激情
雾水洗净琴声　雨过天晴心
不要让光阴虚度　在石径的尽头
荆棘丛中花朵正在盛开
局部完美　一个人绯红的过程
梦倾国　你倾城

你的田野波纹般幽静
是淡紫色的芙蓉　承认许多夜晚的失眠
承认我的杯子里
注满了清水　注满了回忆
在一群月光里捏造过玫瑰
于是捏造出幸福的情侣
你温柔向下的水滴
窗前默默数着你的喜　数着你的蕊

5

你的眼帘刚刚飘下　前朝的霉雨
穿飞的狐媚　暴跳如雷
相思的门槛风高　如此浩渺
已悄悄地飘至女儿河

葫芦岛空了　空得如此寂寞
疼痛像杜鹃一样鲜艳
陶醉的伊人比雁飞得更遥远
心情比渤海辽阔

凝碧旧池　小窗呜咽
是一个吐掉歌声的女子　抱定柔情
梦已经来临　有时决堤
一朵牡丹的寂寞　千朵牡丹的大火
长出午夜的情节
我的一棵雷击的树
身披雨帘　幽然返青
从清晰到蒙眬

凌波不过中央路　我到你那里去
用沃野的表情扼守怀思
诗歌的脚下　是你火焰的内部
我们的夏天已接近尾声
一地青草正把幸福尽情吐露
马步凌波　浣溪沙掩卷突兀
我不能逃避你的琴声
黛江流曲　林鸟惊幽梦

6

小院盎光　远山雨气无一丝杂音
钢琴的繁茂的萦绕　浸染着午夜
在我的乡愁里飘移
爱卷烧痕　极目烟芜
有人在一部话剧里贩运欢乐
我不能逃避任何悲壮的沸腾
做一根琴键　雾树孤村
上演了那些更灿烂的效果

你通向春天的离离　午醉初醒
走得更远的塌陷　倚钓轩
一匹体壮的夜马
膘肥了雷声　我会被寂静惊醒
雨细见水痕　莲荷无污染
闭着眼睛也让你花开溪暖
站在这宽宽的境界里
我倒卧在你月下的花山岚

楼角初消一缕烟　霞光拈花入户

你的心就开成一朵牡丹

有一朵晨霭的微寒

灯笼升起我喜欢做的梦

这是两个人的高原　薄雨收寒

洞开窗口也就洞开了明天

女红的手是干净的音乐

暖流的涛声不断地涌入我的夜晚

7

芳草萋萋　马踏飞燕

你是我绝好的演绎　如丝细雨成伉俪

碾过梦寐的山河

编钟每一粒沙砾

我的雨依然在下　层层雾障挂起

一如你的喜泣格外的细密

想念和被想念相遇

山茶笋村　暮色向爱情靠近

你会来吧　再近一点的白山黑水

承载着峥嵘　追忆旧游夜空

绝尘的爱情　让芬芳的身体

听清问候的细微

击碎骨质的疼痛　古风逢新燕

如今英雄愁满眼　饮醉古楼

无名的角落　无数次地喊过你的乳名

莺花如海　觅一壶道光廿五随处醉

清凉的指尖敲打你干净的身体

十里笙歌不绝　接受一段芙蓉的溶解

被这安静的夜晚　洗礼成乡思

幽梦断时　细柳穿浪

短章风吹后你紫半成红

那是一根大弦　声音被怀念击散

属于根愈演愈烈的风浪

向我的居所　环绕檀香的热恋

8

宁静的风在窗上滞缓地流动

幸福有点残忍的美丽过程

负重已经消失　果实凌驾其上

一只女人挂出的灯笼

内心的闪电始自宿命的飞翔

你耳际的风声藏着隐秘的渴望
傍晚我会把太阳摘下　送给你
一朵如花的青春　照耀着我们的团聚

故事爬上夕阳的脚手架　天香烟络
让酒以飞瀑的速度席卷直下
半醺的夜间　你和静谧的恬然厮打
心情很工整　潮湿的梦朝你笑一下
天籁之外的声音　晚风很厚
恰好一切中庸　一壶闷酒
倾杯之后　常常浮出你的面影
没有你　我找不到妙境

吻着你眼目的光明　岸波初涨
我的你牡丹的宝贝　甜沁心腑
今夜我心温柔　你勾拨我爱的心弦
蝴蝶在海上展开翅帆
笑声响彻我的大地
浅水立鹭　古锦有新句
百合与茉莉在光波的浪花上翻尾
春草伴微步　我的今朝有雨霁

9

朝阳狂奔　每朵云彩散映成金
残睡听鸣禽　你是黄昏的女神
你的快乐在我的莲间展伸
爱河的堤岸淹没了酒杯
杨柳吹堕絮　喜鹊的红事四奔
虽无轰然的花意
端起杯来　愁绪就再也没有回来
暴绽的情节　以想念的速度葳蕤

唯美的思考　穿越时间隧道
让一切欢乐的歌调都融和
反复地应验穿刺与呼啸
士如天马龙为友　唤起故土的云梦
眷恋的序曲在时空奏响
龊龊生死真吾羞　每个文字都不渴求死亡
用笑声震撼惊醒一切的生命的快乐
你最终的灵感成为我诗歌的印象

在我最后的歌中　微雨却相宜
兰亭路上换春衣

轻云嫩霭默坐在盛开的红莲上
方舟冲破湖波绿　瞬间的喷涌
是快节奏的诗　无限逼近你
而永不能抵达　残花径红
正呈现于黑白电击的手心
移舟过古城　桥边送夕晖

10

薄如蝉翼的思念　你是花瓣的灵光
多少次月亮在线　神韵恰如回眸的佳人
雪鬓霜　星空在风月中珍藏
岁月已腾云去了　斑斓色彩
凝视不会再错失良宵
青梅竹马是唯一平静的传说
花香已被碎雨践踏　水源遍体鳞伤
我又开始春情荡漾　相爱跳跃的成长

写诗的日子是个梦的漫长
相信你的一幅漫画　把脚摊上阳台
怀念闪耀着银色的泽光
轻舟如叶桨　不堪幽梦匆匆

杏花天气新晴　小陌秋千

从清溪河到翡翠长廊

阳光穿透着斑驳的竹影

管弦送酒声　姹紫嫣红总关情

凌河水头萧萧色暮　幽径柳色新

雨蝶的睫毛在我的心上微微地颤抖

眼睛透着仲夏的熏风　你的月光

稚迭歌舞　越过那些流动的迟圃

化作一道静止的河流

在充满诱惑的薄翼内　细雨吞平

丰年已在目　你的爱依然如音乐

等待蝶花馨香私语的轻灵

11

阳光剖解了美　却忘记了自我烦恼

我坚定着那些触觉缤纷的颜色

在竹海清爽的空气里寻觅

你银铃一般爽朗的笑声存在着

更高的飞瀑掬手　气势依然如火的触须

带露绽开的花蕊

寂灭地飞旋　待尘埃落定
将进入蝴蝶褐金色的霓虹

暮霭是最敏感的颜色　息羽而归
远处山峰的鹤影是那么冷漠
啜饮甘洌的竹根之水
像玫瑰与蔷薇的春天
琥珀色的阳光的礁石渗透着柴荆色
晨风越过的锦州的果园水草
像森林与湖泊的黄昏
阴雨断人行　摇曳风儿快乐相随

你的香唇轻微的颤动
玫瑰开和　时光娇嫩的呢喃
和谐了那些你眸中宁静而细腻柔骨
一夜春梦就是一部经典飘逸
那游移的绿馥散发出诗歌里
依然玲珑的完美过渡　秀雅的绿底
梦到另一种纯净的造型
紫罗兰花点染爱情的香氛

12

馨人清纯　你是我森林里的精灵
偶尔绽放　偶尔闭合瞬间的永恒
向夜未央的光明飞去　裸露你的一种美
为真爱写一首狐媚的诗
诱惑中保持有性感的神秘
一幅新生代的情欢图
演绎端午节的惬意和自由
像蝴蝶绚丽　有着纯洁和天使的笑

真挚的欢笑将我匍匐在地
致命的幸福已经来临
敏锐而兴奋的时尚触角
我们相视　浑柔的透彻
质地柔软的激情　安静到孤立
守望着契机者与万籁同寂
淡去的流年　果实尚有残梦
由时光逐步打造成甜美

隔着一缕烟的缭绕
就让那些不可避免的矛盾来临

触摸爱的形状

我柔软的神经被你提携

瞬间的光芒的轨迹

心事被罂粟的色彩燃烧

将等待的时间随意折叠

漏下粼光　一卷卷蜡黄

处女集

1

回光返照的美　失去语义
岁月的青枝
要么被隐藏乳韵
要么被忽略触手不可触及
相思像一根擦着了的火柴
突然逃离　突然隐蔽
仿若你我窗外的一抹风雨
梵音碧玉　柔滑展如诗歌的翅羽

忧伤将被摒弃在花卉之外
我的心事将盛开　与你的吻争妍斗艳
触摸的笛声越远　悠扬了梦一样的火焰

思念掠过无数的星云　朝向你的大海
悠悠往昔　化身为一望无边的远景
黑暗的消长　谱写出生命中永恒的诗节
神秘的微颤　热吻的余香
你我相逢在夏季的夜晚

迷醉的乳香　折皱的花纹里
每一秒的光阴都成了黄金
花开在六月颤动的树叶　开在浅草
香馥的静处　月明净如初
完成始于你眼眸中的火
身外悠悠　负薪长歌
我浸在无人知晓的寂静
你最后的完美将于此生成画形

2

从棉花开始　一面镜无语
你是镜的眼睛　看月筹边楼
爱情的云罅微光如钩　清歌送舟
纤云良宵洗客愁
从此深怀午夜的碧云

被一阙云雨的大调渐渐地忘却
从层层的覆盖　忍落人忘眠
翻过这一页

你的目光　冰清玉洁
倾杯邀共醉　你穿蓑衣到临
风露万里　心事渺然
一个美丽的传说飘香砌
盈盈无尽渤海　粉纷坠叶
勾栏之内陪弯月酗酒
耿耿意都能震碎
虚假的千茎绿　将亲吻中断

上天下过一场雨　残年虚幻
鬓稀天晴的日子　蓑衣干裂
池塘很难过　一滴莲花泪
竟如此的肥美　用这滴珍贵的潮湿
亲吻你干燥的嘴唇
悲情深冷的饮料　下了一场黑风
你的泪宁静　浓深如酒
残灯已灭　我牺牲了下半夜的精神

3

诀别的形象　还在缩小
一滴不断颤动的泪
又有什么人在想念
薄如急滩　空荡的雷声里
月明楼高　胸中有块垒
碧云天　更觉衣裳单
惦念缩小到一滴酒
杳杳白云青嶂间

就在茯苓里挖掘过去
破破碎碎　一笑缘梦
三更看萤火归　欲画恨无人
用心事下酒　酒坛空深
顶着西风拉直一截粗粝的回忆
日子停下了绳索
你依偎着清冷的秋波
铿锵洞庭　下有涧鸟飞

六月流露着切望的潮　白衣飘飘
虔恭的波浪在你的爱河里翻腾

仲夏匆忙地穿过额上的村庄
不绝的水流　阡陌恣游
又曲折地回来洗嬉你的双脚
甲胄和干戈藏在严静之中
如雨的箭矢向着黄昏飞射
登东山　行遍天涯只漫劳

4

头上明月团团　你的发丝依然在
松崖壁立　飘扬几缕苍白的蝉鸣
只有一个身影　风向向镂空的深渊
河水东流　断岸缺月
流不走心坎的响彻　歌声竹径上啸台
只有此情可以朦胧
浪漫几回声　水中无花
你的心似水柔情

送尽夕阳　香山更好
踏月浩歌　历险崎岖
这含愁的玉　识得自身的疼痛
几尾小鱼是水里的瀑

浪高吹落万珠　荷不声响

你还在雕琢回忆　烟海浮天如昨

碧海如镜天无云

灯前无力　因此有了涟漪

喜莺啼　我的樱桃开了五月的女儿

一块可以任你扎根的泥土

我保持潮湿　保持来自心坎的体温

倚江楼　我依偎金黄色的波浪

走不出栏杆另一些希望

又怎么能够抵你的眺望

我的阵痛是一朵朵娇艳的杏蕾

疼也揪心　痛也沾心

鸳鸯喊来一阵阵轻风泪滴

5

读你成了一尊雕塑　风乍起

水仙花开放了赤水

月季的情已发芽　鸳鸯戏莲水

多少平静也抵不住秋千的寂寞

池中的倒影心乱如麻　鹊踏枝

夕阳的眼波已划出褶皱
冷冷地停止于你仲夏的阵痛
我的路标羞涩着你的惊喜

一个绿水的泪隐去了脚步
我们满含黑暗　落地开花
多心的庄稼喝过忘情水
红唇洞开　不肯经过暮色的抚摸
含一些知名的佳人
有如莲花的事物　隐去了良知
在暗处翻出光滑的春侣　歌吟奔流

你掉下几滴轰鸣的泪　春风吹碧
摸黑低语　烟雨凄迷
空露洗玻璃　桂树扶疏
再也不摸回干净的白天　如淡雨
在你不开花的时候保持想念
我们选择同一种姿势
揽衣独立　众鸟笙歌
看一片柳絮　看一片石绿

6

一颗不能不走的心曲　春草古道
塌陷在一派黄昏的路上
昏晕的太阳在吃草　吃出滚滚清泪
草露出风的形体　真实的履历
是一盏爱人的灯预知离人脚下
有着最后的引力　风波不定
那画船的江山越来越小
从一朵浪花里轻轻划出千山万水

如野风的影子　被浪打出了十里
梦中只有凝质的悲凉
吹出夏草的风景　大梦燎原
没有花香　谁在茂盛中散布的荒凉
绿色的一匹瘦马　一如你的薄酒
卷尽残书　夜阑炉香
鸡鸣可爱有新凉
停泊的船在你的水中摇晃

风经树紧　雨烟朦胧的树
怀一盏空腹的灯　自掩半窗月

在你出入的子夜空洞了梅影
一杯捏在手里的波澜　惊不出酒杯
云影忽生　蔽日的雨声不断飞霜
白发草坪　吹着同一阵风
有情的薄晚不断地填充
越来越浓烈的离愁

7

多么柔软的心跳　悠然草堂
心情比白昼还要洁白的渺小
棉桃里绽放出来最起码的温度
一块儿洁白起来的缥缈
道光洒似鹅儿破了壳黄的纶巾
斗争着思念的腐朽　觅醉当歌
把牡丹的心藏起来　藏得很深
自始至终是干净的别绪

让心远远地走着　清平乐
烟雨晚晴　我是今朝的草根
操守着懂你的土地　眺望绝情的小楼
碎裂的界面　让精神上路

无精打采的雨泪将流
六月重复着谁的不幸
弥合了畏惧时间的痕迹
和一个瘦弱的伤口

鱼塘保持着有理想的角度
我的奢望无一不对称均匀
以你紫红的合理的构造
坚定了各种美的温存　沉默所以混沌
你的脸　临着窗外的那一侧成为花朵
看上去很美　逃出暗淡的时辰
我将远离故事　莲花正红
才从泥泞中走出　碎了头顶的云朵

8

满窗红日　你酯香动
一段幽居的孤独蛩冷了仲夏
多年来芜绿的想象
只是为了让自己简洁
直到多年后的一个夜晚
用一些奇怪的念头维持生活

在精瘦之上更加精瘦
过程如此简单　云空阶雨

风为媒　一座插满蒲公英的心塔崛起
烟粉和雨水消失在你的视野之壤
霜薄残湖　寂寂云山像尘埃坠地
灯昏的杂质下沉　莲花红清水蓝
病态的黑夜将敲平我有过的遗忘
经典让我离开这种珍贵
半瓯春茗你唇间张歙
莲蓬背叛属于我的历史

一只鸟的飞行判断出季节的迁徙
越来越深的夜色将碾碎滚烫的诗句
从不断密集的掌纹里做出了某种约定
你的热情将从一个旋涡的后面降临
掩饰着更薄更浅的嘴唇
吐气如兰　保持一种角度的叹息里
也溢出那扇形的开合
隐藏着更深的撕咬

9

你是晚点的列车　嘘声了下一刻的谎言
向北　有着寒冷的眺望
十日雨晴湖水深　捎走一个熟悉的表情
目送一次离开的轨迹　视线抵达近景
锦州的红叶　在夏雨中狂舞
只有渐渐空寂的站台　残留着散场的小调
路阶上踩出的忧伤的余味
更劲的风　迎面吹春

薄荷盛开的清凉里　记忆填满归路
更为苍茫的旅程里　我不做片刻停留
雨水不停敲打着黑夜　横眠梦蝶
红花的脸孔在梦的边缘出现
喉咙深处　遥远的声音杂赋绝句
以一个施与与掠夺的象征形式
被口水击落的那些芳草
驶向更为偏静之处偏裨

你是信封里的少女　单眼皮
荷径夏渐低　浅薄小镇

虚构那些注视　横林上新绿
绯红的脸颊　单纯的唇
日斜楼吟　彼此掏空对方的目光
今晚我的心事在街角被伏击
海燕穿菡萏　一缕微烟看水沉
我痴迷的诗歌痴迷了你飞翔的眉

10

从思念的海岸线登陆　你的消息湿漉漉
舒缓的灯光打破了夜的遐想
沾湿暧昧的衣裳　山海关虚张声势
更低的门从更低的胸衣前开启
更多的火苗从更空的酒瓶里燃烧
我的下半夜　一直逡巡着你播报的台风
松花江疯狂地扭曲了布谷的姿容
比拟出一些过早乏味的爱情

雨季一个劲儿地敲打键盘
敲出了吻别的朦胧睡眠
六月尝试敲出你的下半身
往事搞掂或被颠倒　竹篦寒泉

我是你旅程里盲目的独行者
扔掉水瓶里所有你涂鸦的牡丹
不再接听关于东北的所有电话
给闹钟上紧发条　让昨天持续飘满雪花

植物流淌的血液　偏僻凄凉
透过糟糕的简短的轮廓
一些失败的楼梯　荒唐的思索
危言耸听的霓虹灯　世事漫思
林莽淡泊　点燃着冰凉的火苗
黑色的眼睛吐出一连串标点
紫红的笑容有点浅
几朵尖叫的嘴唇　漂浮我的空间

11

敲碎过几块你梦里的玻璃
可从没捅破过你多情的窗户纸
我的后山坡压着往事的后背
你的仲夏蹲上了房檐　一些黏稠的夜色
溢出蓝色的火苗　像诗歌的烟盒空了
一只眼的蓝色　有一个按键的过程

十字路口的红灯总是那么久
距离一次新的迷失还要长

那些在东北风中凛冽的遗忘　参差倚晚
信脚得闲　以什么方式抵达一尘封的日记
半阖着有所保留的光泽　笙鹤飘然
深深地陷入阴影里　木叶萧萧
你推开走近的每一枝紫罗兰
我还在表达着这些怀念　山翠尽染
偏执地闪躲半支烟的命运
速食着一份不流行的爱情

六月晾在黄昏里许多向日葵
夜孔透出的你诗歌的光线
车轮在树顶摇曳　咚作响的硬币
鸽哨彻底被听觉遗忘　以玻璃惯性破碎
热恋向你迁徙　做出危险的最后的呼吸
抖动地狱标签　呈现一片真空一种卑微
絮叨的十字街怀念你堕向更深的暗区
我相思的海拔　从空中拍落你晾干了的声音

12

在鸡冠花的身边　半醉蜀栈
寻白鹭洲来秦关　微微翕动了一下海的嘴角
那些拥有破碎身体的停在醒目的位置
一只民间特色的爱情悲剧
没有方向感的年龄　向这个夏季倾斜
黑葡萄一样的眼神里　立场敬畏
琥珀色的假面孔里　谗害的狡黠
读出了似是而非　黯黯江云

你站的地方　现在是一片遥远的思念
只有一棵熏香树　长高了那些蝉
你真是不罕见　雨把会飞的鸟儿击落
弦外之音爬出饥饿的影子
晴朗的星空　有一些事距离很近
两棵梧桐树　隔潮白河两岸
枯了这个夏天　另一棵开满哀怨
波澜壮阔的海上安详的一尊耸立的浣

风正吹着一个平面　寂静有时间
起飞你的头发　飘扬起来一些背景

一些矢车菊立场的卑微

偶尔也能把凤凰的影子摧毁

有一种不透明的怀疑　有质感

光滑你隐藏在时间背后的 2007 年

回到一些陌生的角落　光线暗绝

类似一些弧形的声音很坚硬地蔓延

射手集

1

白莲藕一样的姑娘　来自异乡
风雨倚阑　把满眼的绿色
伸进夕阳的最后一抹残红
我也跳进形象海洋的深处
希望能得到你完美的珍珠
把我静默的琴儿放在你静默的脚边
我这一生永远以诗歌来寻求你
一同摸索　寻求着大同世界

清夜寒　句号画在形容词的前面
我的心情有一点绵甜　何忧畔
柴荆惨淡起炊烟　斜照桑枝蓝

画了一幅荷花里藏着月亮
葵花折得就灯看
江湖双鬓　一个象征的空山
渴望乐于弄潮　不再用旧船走遍海港
蔷薇死于不死之中　夏雨生命的琴弦

种桃人的竹海　霜扫叶
恋情从绿色的草叶爬进了花间
进入黎明清爽的无底深渊　乐音合拍
我心里地平线上的许多星辰走向你
走向雀跃和快乐的神秘之川
在我旅程黄昏的终点
你却端坐在云霓微笑
镜湖双青天　万顷玻璃一叶船

2

灯花落碎红　暗红了茫茫江汉
酒浪摇轻碧　往事半成空
你飘在夏日浑浊的池塘
你是采芝人　万里云涛坐上浮
风破云涌　遥指香山一片青

一只求婚虫缓缓爬上你窗棂
豢养沙子的泡桐　行走在空旷之中
月明照松夜　百里雪岭阑边出

你拥着一些古老的名字蓑眠
月斜云散　一些新鲜的灵魂
爬进了湘湖烟雨　袅袅菱歌断
高楼伤客情　不做天仙做水仙
东风把关情的捷径指示给我
在心头磨刺的肉体零落水云间
爱情肿胀还原的过程　有时也孤独
十里摇西山　天空蔚蓝

你的位置阳光充足　闲凭曲槛
月季花有黄有红包裹着疼痛
呜咽出最后的声音　六月调拨我的琴弦
未醉醒横眠　朱楼风回半汀雁
落在草叶上一只蝴蝶　为我一粲然
一条柔媚的诗句紧紧缠住我的脖子
梦魂灯下看　情人的呢喃里
我的名字躲在月光的边缘

3

墨已如云　黄土遗忘在有阳光的地方
比文字更为珍贵的灯盏
你是比火焰更快的铮铮锈斑
在一个鼓角余音的傍晚
我在蛇的尸骨中寻找失落的城垣
卷入马匹千堆雪下的嘶鸣
思念刀从剑簇　溢出裂缝的青铜
我看见铺满了闪光的鳞片长满血蚀的绿

木兰花已经开过了　登荔枝楼
觉醒的木头在炎热的六月里横醉不知
江水接天流　金丝玉帛成为埃土
从朱雀门前　山路浅歌声哀怨
憧憬海浪　又何须去叮咛鸾鸟
最长的黑夜通向的七星坛
一台闹钟裂开了口子
在每一盏灯前留下诗篇

烟艇小梅　尊酒散愁
一如稻草人淼淼的站立和思考

必然返回的依然是一个夏天

最后的机会请你靠近一些

随最先吹来的风吹向憔悴

落潮舟降落到人间　闭上双眼睛

近抄小路　沙边鸥鹭返

松软的骨骼无法阻拦皮肤的蔓延

4

暮烟迷草色　你属于白杨树的绿

叶子还需对嘴唇解读什么

深思看太平　翩翩水鸟缥缈

诗声整齐或残缺的肉体　空旷而没有河流

必须相信这是一个瓶子的溪声

长青藤凉入帘栊　草也是绿得狭小

端详着我的裂纹　同一个月光里的美女

高笑着蜇伤记忆　黑夜必然痊愈

有时思念的毛孔变得肥大

偶尔见到更立体的惦记

登醉眼送归鸿　有关追悔

值得炫耀的时间更为苍白
在遗忘的过程里　嵌上我的呼吸
千峰榭在体外游离　宿壮雨
从一盅盆景的朦胧里
渗出几乎被遗忘的月色

仙人掌正在刺向我简短的睡眠
缓缓袭来夜风　桎梏在五月干瘪的河床
撒满了死亡的种粒　钟声细若粉末
被干渴的心事撕裂　被海棠的疼痛覆盖
抚过一条曲折的裂口　从残片瓷的质感
复原出婉约的线条　阴惨切割
然后掏出一把斧头　由高处散落
在瓷的折断处　包裹着痒的秘密

5

我纵酒放歌　莲子心苦
多么雪白的牙齿　死于酒
水细无比　黄昏的门窗已全都关闭
旷野里挂在电线上的竹骨瘦　迎风摇曳
海棉花儿一夜之间全都开了

乘无人苏醒　天色暗黑
星星光着身子踩着云彩
等我去趟海边　偷一朵软软的海棉花儿表白

浮萍益多　常奏七弦琴
越升越高了草绿　下面的山青离渭
我把爱情的事迹编成不朽的诗歌
从我心中涌出　向你合十膜拜
感知都舒展在你的脚下
颤动很远　仕女图旁有黑白的水墨画
花鲜艳　行三百里取莲子归
带着未落的雨点沉沉下垂　像六月的湿云

我所有的诗歌　聚集起不同的调子
像一群思乡的鹤鸟　日夜飞向怀念的山巢
让我全部的生命　启程回到芙蓉永久的家乡
让我的全副心灵在你的门前俯伏
成为一股洪流　倾注入静寂的大海
对目光进行着分割　充满媚惑的凌厉
有一小滴冰凉微微颤动在　被夕阳诠释
雾气和水在垂直的远古包裹

6

年轻的鹰　凭借一点点的碎裂声
从一个的姿态里露出峥嵘
你隐藏着复杂的往事　透明不远处
游魂出没的夜晚　有栖鸟惊飞
一如几盏灯亮复灭　此时月亮很圆
有什么不可以穿越　比黑暗更深的寂静
椭圆的爱情表面　沉陷在流言的杯里
天冷了你去哪儿取暖　走累了你去哪儿睡眠

渔醉卧舟上　地里长满绿草
叮咚叮咚的溪水翻过你的墙头
拽住一抹风流　繁殖了顺流
小城的北面　水波明了锦州
渐渐长大的好纱裙
明月如洗　荒草硕壮
六月看不见鹊桥　我预备了飞毯抒情
常于寂静无人处投石问路

你是流浪者　游荡而回的鸟雀
吾身独清　吾思独净

你是常有的纨绔回忆

虫草之心至水浊　孤零零下云梯

投石于水张开了露水　折柳枝围于腰间

此刻六月阴雨连绵　抱紧的泥土

原是你树下的须　把异乡都当成故乡

猝不及防地揽你在怀

7

一两声雁鸣　举起几片玫瑰

伸出手来阻拦夕阳一半的光阴

我却无力　迈出最后一步照见自己

电子信箱想追上那场洪水

透支的爱情挥动我眼角的黄昏

面对盘山的茫茫戈壁撕碎你的东北口音

替你捧起渤海湾脚下的沙子

岁月渐渐消逝你纯洁影子的甜蜜

西山优美而恬静的女性气质

以自己的讴歌的思维方式

砸碎了牡丹的凌晨

温柔典雅的诗句之下　一段自醒者追寻

碎片拼凑着我的安宁
我不想让你的钉子加固我的生活
山海关就在身后　东行的情感所剩无几
泪水早就割让给了盘锦

身体被诗歌打开　竹席未凉
我情愿在通往黎明的路上
忍受过去的幸福与今天的苦痛
远处列车的长啼抵达相思的速度
我的黑夜　丢失在天空
雨如断发坠山崖　远山如黛
空昨夜寒蛩不住鸣　触景生情
沾了几滴辛酸雨　所以水灵

8

海边萧瑟　星光兀自靠近梦的方向
你故事的凉　一寸寸冻结了自己
诗歌把我的身体照得通明
以一种不为人知的方式告哀我的生命
菩提花即将重生　破壳的地平线
乌云越来越紧的口风

银河会倾盆而下的水银　日据上风
一首押不上韵的小诗破落了笛声

火焰般穿过迷茫的黑夜
恸哭中途　汹如六月蒿蓬
悲秋你的爱情　如此长久
直到白骨　直到一切无所谓有
吃着黄昏里的黄　月亮裸背了沧桑
是月光濯洗过的桂子山
白鹭右翅下的第三象限羽毛
数声新到雁　江涛清幽

兀鹫在饥饿之前　滋润开来
我说我的爱情如此短暂
唱起情歌　熄灭黑夜
潜行在夏天　潜行在夜晚的道路
落叶松软潮湿　你的灯光很暗
有纸摺的雨伞与马匹　在泥泞路上断魂
只有唯心主义的小风　轻轻吹拂着我的内心
歌声熄灭　我们分开

9

虫声如荧　高壁照孤灯
是一些热恋的正方形和失恋的长方形
纷纷碎屑　眉如黛的白鹭从镜子里飞来
物质产下了第一枚蛋　形式古旧
红彤彤的空花水镜照
拔一根眉毛变夏雨　醉眼看西湖
优雅的姿势一如　诗歌摘下多愁善感的面具
在阴雨天求爱　鸟雀一样乐开怀

夕阳穿过你的身体　织出一匹绚烂的彩虹
抽出秦皇岛嘴里的一道鞭影
血液从午夜出发　向忏悔集合
词语失重　像两条虚晃的旅程
不要歌声不要爱情　水湿心境
忘掉河畔的烟火　喂养我的酒精
你被暗箭射穿　疼痛不已
我脚踏暗河　唤醒你的眼泪

我的地球凸凹不平　爱情满是漏洞
伤口只是一种瞬间的唤醒

把身体收拾干净　保证整个颠簸的过程
痛心疾首那些心事的山地和丘陵
镜湖边　风露万顷我再爱芙蓉
明天开始　忘掉红彤彤的红
这关系取决于荷塘的轻微与沉重
我把往事拴在历史的高空　孤鸾舞清影

10

是青铜的思潮在我的体内纪念一个人
时间的花朵持续裂开　美丽千秋
直到现在　我的心情都在草一样紧张
某种象征般的窗口　露出淡淡的想念
一场淅淅沥沥的雨醉看秋渺然
深埋在泥土深处的品格　从容的躁动
一个被泥土精神透染的温暖
写给大地的爱情的蓝天　滚动桌面

一棵合格的行道树肯把时间想起
又被杂草隐去　你将冷暖的水情
供于我的心头　脚印飘落
四海通用的诗歌还长出倾听的花朵

我们选择边游边开的方向长大

已走进夏的背面　你冷却成蓝色的火焰

六月的莲蓬像清澈的雾岚

思量着曾经一对恋人

缭绕爱情里的三分旖旎　只是有滋味

游着游着就散了自有的七分醉

微风里低吟　悲剧的草轻轻地踽踽

花还在开　草还在长

一朵一辽阔的石榴花已走出一朵云的心境

既然命运给我夕阳的后背

我也逡巡着你的卑微　头枕着天堂的上颚

闻到了往事里让人憋闷的灰烬

11

书写的指针　婆娑一阵我晦暗的清晨

一叠相思的数据像风从天边涌来

挟裹起流年碎影　被时间追迫黄昏

沉潜入一条河流　车流鸟影中徘徊

紧紧抱住过去的自己　忽略站台边的回

以及手挽手的别离　仲夏爆发的想象力

驱赶内心阴暗滋生的煽情
过去日子　条纹清晰

时间让我的怅惘平等了一回
爱你的速度与我的步伐一致
寂寞地怀疑你身边飘满的错别字
很多烦琐的诗句　比去你家的路更加整洁
在暗淡的脑壳里记得每一次的兴奋
在临窗的角落隐瞒想法或爱慕
一个有着丰厚乳汁的犯罪
眼光颠簸了胆怯　总想把心情藏匿

室内室外光线变黑　天色更加阴暗
请接受这首歌的默哀　失恋成为诗人
对情欲和爱有过多的贪恋
过多的噩梦　还要继续喧腾
只有新鲜的叶子从枯死的藤中长出来
在岩石上往峰顶上爬出了六月
飞蛾自缚作茧　惆怅复惆怅
跌入颓废的爱　在一个只需作秀的年代

12

万壑争流　你挽救了自身的失陷
踟蹰风急　清纯的雨水送给水仙
早霞的第一株小草扶起天空
犹似你一直走在衰亡的路
梦跌得太深　已抵爱河的底部
树叶在往事的脸上葱茏
诗歌搓红额头的那座石拱
清亮了那些躲在窗帘背后的鸟声

夕光胀破了柳树的皮肤
晶体的阳光折断在你窗前
酒贱逢人醉　卷住了一只脚
移在心里　如星星绣制的头巾
梦幻般蓝飘　巷听晚笛
飞舞成暖暖的晨曦　你眼边微荷
草芽用纤纤的触须半夜撤退
夏季的体温回升　惊醒皱褶的梦

用一只酒杯提拨着内心的悲观
细浪摇新凉　阳光打在柳笛的嗓子上

杨树的皮肤新鲜着愁肠而潮润着幻想

试飞的乳鸽推开你嫩绿的窗子

田间小路忘了我的标点　迢递度烟津

清纯的雨水送给六月　相遇又依别

阵雨按住了你寂寞的嘴唇

斗笠已和雨丝达成了默契

双鱼集

1

被你双手扶在窗棂　数蝶弄香晚
我的黑暗一直没有消退　内心的牧歌
在一团团尾气中如入无人之境
经雨有碓声　闪动香翅的蝴蝶
井中披了一半日影　豹子一样暗伏
用想象建设青春期对一个女人蓄谋
愤怒着咆哮着擦去旧时记忆
于是诗歌把头埋得更低　春残裁暑衣

用盆景的鹅毛给东北写信　杖藜新寄
只用想象的诗句　献给玫瑰爱人
提着爱情的生活　内心建设虚弱

拒绝着城市提供给口粮的早晨牧歌
制造着不合时宜的满脸夜色
当一缕阳光忽略叫喊的虚弱
迷离的高歌一起弯曲　折花与弄水
苏醒的城市以待虚拟　花气袭衣

撒满你捣碎了聚拢　苍颜微雨
假日照亮了夜晚　也会照亮你的夜色
袅袅炉香掩扉　倚风穿藻去
轻燕拂帘飞　檐角鸟声呼梦醉
聚光灯期待夜晚尽快来临
你与暑假挂上了冷漠的面具
我的夜晚比黑暗本身还深
不愿提及梵·高兄弟的向日葵

2

血液传达暗红的言语　亮起倒叙的灯盏
蚕虫会向那条河过渡
空气微冷　开心的蝉海枯石烂
你身寄在枫林　缥缈野水滨
不用翅翼也会用歌声

我在你的掌心反复诉说
七月朝来更有欣然的阡陌
斜阳外　一部分蝴蝶开始浮躁

悠悠催双鬓　吃掉陌路的回忆
海水的眼睛频频冰凉
两扇门的夜色　挂树青萝百尺长
七月的往事没有回巢
脸颊湿润　五米的挥别
悲伤来自同一个方向
黑夜不是因你而黑　裸露的眉心
晶莹如玉　光洁如器皿

少数星星起伏　心不在焉
是一点一点的相思夜色迷人
你不愿留恋　直至于是割破静脉
暗夜推开的门　失恋的疼可以暂时了慰
时间需要结出茧子　在桑葚树上
连同名声一起摆放花海
温暖来自对岸　我们允许相互爱恋
我们允许只能诗句取暖

3

返青的夏天如一条柔软的舌头
吻别六月最后的一场雨
忧悒的耕田　洗成你暗淡的乳黄色
麻雀叫出一个词　像失恋的绿眼睛
香山山下　月色撩人
更小的酒杯呓语着白床单
我们对镜的海棠露出处女红
一对娇艳的水仙花鼻梁上长出小雀斑
一件宽大的文化衫走完预备的麦绿

枇杷挂果　梦里桃李成亲
侍弄你几盆目光犹疑的花草
像一只蜂鸟溢出菖蒲的清香
一束黑色的花养活十根白皙的手指
寂寞养血　心不会比猪肝黑暗
一场暧昧的阴雨养活一次爱情
仲夏跟一枝兰花整夜的亲密

一粒发芽的花生米浓眉大眼
我提取清晨最深处的两半花瓣

像一滴乳白色的思念

你是一株丝瓜　缠在我的空气里抽丝

像云朵趴在蜘蛛网上打瞌睡

把雨天的湿气一根根拔去

毛发都长志气　像雨季庇护下的青春期

害怕突如其来的蚂蚁　带来你的坏消息

4

我守着一株美人蕉向你攀缘

在瓷器上碾成纪念你的雨

故园三千里　枯草的絮语

颓然在晚风里　今夕是何夕

在玻璃杯中捞往事　山一重　水一复

爱情吐出嫩绿的信子　一如杯弓蛇影的隐喻

用芭蕉叶子收集爱情　添加上好的蜜

画架上牡丹的胡须飘飘几寸长

溪边接水　梦里互相握着叹气

埋怨今晚的秀气　呼吸修葺

令我的思想妒忌　一只鸟望穿秋水

悬在布谷的头顶　山腰雾起

我的竹篮里雨纷纷　有漏洞传奇
是鹧鸪一竹篮的虔诚　几根芦蕨老泪纵横
表情比屋顶的炊烟更轻

一凿一锤一笔一画的用心
门庭上阳光迷人　一根晦涩的线段
铅笔在空气中划过　此时天气更适合
一管翠绿的葱　吹绿过你美人的唇
藤椅上的眼睛却装着不以为动
风轻云淡我的眼睛在藤椅上小憩
优雅如一把微微垫起的楠木梳
几次潮湿　一湾鲜活的细水

5

腰间泄漏出大城小情的一弯月光
风在耳边飞舞　往事低洼处打结
新鲜欲滴　是你温柔我的夏季
修颀的银杏叶子绕着退谷
香水起伏　茶山有少女的肚脐
核桃新裁的短裙比着笋的个高
一只爱情狐狸　沁人心脾

有你的小诗　在一场梅雨里喘息

挣脱夜班的两条街灯　热吻在拐角处逡巡
右道封闭　霓虹与一条护城河约会
你的眸子整了整腰间的自信
一次及行雷止于杨柳的脚韵
发卡在空中喘气　享受雨带来的凉风
水仙的黑羽毛　打败了我收敛起的荫翳
莲花的湿气　减轻一簇光的黑
荔枝扬眉吐气　你是一场匆匆而过的雨

你多汁的嘴唇用来接吻　历久弥新
一如麻雀与早稻田签下契约
许可更多丁香鲜嫩　止渴生津
北方的雨水　是一种向上弯曲的奢侈
一个呼哨也变得温柔　潮湿打理肠胃
从口袋里抖露梅雨　穿针走线的阴魂
宁愿做个时尚的美女　拔出一根根发霉的雨
额头上生长青苔　六月里没什么值得回忆

6

忧郁它有一张杨皮　可以姓柳
然后使出风流的性子　在大街上依依
露杨梅一样水灵的肚脐
酸汁打扫六月的肌体
在向阳的坡上浇灌肉欲
芙蓉生出的小女　面如桃花
汁液饱满　一个小小心状的放弃
于是放弃你　不放弃爱你

琥珀色的一个梗塞命题　吐的蚕丝失足于孤寂
一条无辜的比喻　制造了一屋子的阴气
等下一个夏季来交配　六月蒂落
一颗诱人的水蜜桃　把它塞进子宫里
你用不着破开　鲜红的喻体
已有尘世飘香　椭圆的装不下翠绿
渺小的此刻　一只斑纹美丽的杀机
急欲取代我修长的舌头　吮吸你全部的暧昧

弥漫七月的西瓜临世　香味潺水
西瓜香甜的你种在我的记忆　你比西子

西瓜不认识西施　西瓜没见过西湖

雷雨吞噬你之前　我的风水依旧

羸弱的年代　来不及缩成一声哭啼

你是一块温香软玉　书香门第

风叶雨花随意　有着刚柔并济

紫薇大道　别墅下南溪

7

整夜滴水　你体内混沌的虚

扇骨如寂寞的阴气　扶腰上楼梯

恍惚碰到前世的相遇

乔木嗅到了自己越来越深的碧绿

一点点从稀释的童话里挤出

某个遥远的幽暗的月亮

失血瘪如古槐的嶙峋　惊鸿西斜

是谁滋润了贫瘠的年年岁岁

黄竹林的雨蛙穿过一滴雨的镜片

夜愁的风刚好过了云霓桥

比冰块更清凉的狐媚　性感晚蝉

一枝夹竹桃花的张力　填补一条河的空虚

从阳光里萃取粉红　用虚无缥缈的呼吸
在乌云浑浊的睡榻下
第一次爱上你　阳光淋漓
一对伉俪相依的暮气　挥泪别离

一排婀娜的心事徜徉在河滨
弥漫云雀的河堤　不幸与暴雨遭遇
飘忽的往事拽着风的右臂
打水面收敛起故事里的少女
一如水绵样的青丝　图腾的葳蕤
六月炮制出芳草萋萋
云裳衣袂　没有让你成为我的妻
夏季不美　荷花就要从枝头撤离

8

滂沱大雨递来递去　移水江南
七月的水仙　开在西安
你撒娇的时辰远隔重山
隔了几重梦　乌云的裙裾熟了渭水畔
眸子含水素淡了的牡丹
你稀薄的黄花有青烟

这些丹青的梳理　骨骼清奇
一根根发亮的雨　雨脚如麻走西檐

你倾心的雨腹部弯曲
圆舞失了曲　一个高洁的神谕
湿了竹林高高的午夜
是一只白鹤深了梧桐的嗟叹
低空合唱的路灯　浮出相思的城墙外
一只白鹭流落在万柳街　枯萎的诗句
委身于两行婆娑的宝马香车
琴声里没有青梅　竹马已损坏

你是淡青琴女　露背装的红霞街
细雨落下黄昏　壹平方的童年
琴弦切割我六月的天
你的素描在胸前　不止三步之远
白蚕在指上筑茧　袅袅香烟
一根可以走到天黑的弦
渐次饱满　漠漠水田
没有你引来白鹭上青天

9

风轻云淡　约会的路上天色澄明

睁开左眼听风声

一枝百合收集时间的朦胧

相思失去了形体　产虚妄的危机

成为爱情里最甜蜜的一滴雨水

天边的云层正西去　分泌甜蜜的悔

有些偶尔隆起的伤感倾着右耳

恋情才五分　菡萏有了溃败的声音

捏碎循馨　六月散发着逃逸的香气

把一枝睡莲当成了漏斗　用指尖去舔菠萝蜜

呼吸放走时间之驹

葡萄脱了外衣　雨在空中二分合一

濡湿记忆　攀着一根雨爬上诗句

一颗雨滴回到云　超过三个指节的距离

盘坐雨帘目睹一柱烟化为沉郁

用根须迁徙　闲云般流离

三纹河塘之鱼　相约在同一天老去

俯瞰众生　众生有心

心事失踪多年　在低气压下避雨

石榴陷入回忆　生锈了仲夏的鬼节气

翩翩绕门楣　过小桥流水

是你明月前身　鸡鸣前一场云泪

扶桑枝问路　掩了柴扉

摸黑溜进厢房　西风突吹

爱情有九分蝴蝶醉

淋湿几个缥缈的烟雨

10

月光亮晃晃　爱如潮水急如雨

一只山猪失眠时　心事收集了一些良方

同情的效果会更好　冰清玉洁

触摸气沉丹田　呼噜酣畅人艳羡

一只被剥皮的老故事

细碎的筋骨肉　挂在枝条上啁啁几声蝉

我感到诗歌越来越轻　只能做一个空壳的句子

放弃片刻不惑的人生　为了睡眠安适

你出水芙蓉　今夜秀色可餐

我抚琴高山流水　对你珠玑满盘

起舞风枝婆娑　云袖雾袂
一如吟诗芷兰盈室　波荡星月
仿佛黎明对弈　执巧若拙
流水无痕属于炊烟草地
芙蓉健硕的身子有着温暖的眼光
子夜软弱像六月多愁善感　妞妮作态

三只文明的玫瑰　读我心房的秘密
你的午后晴空万里　心情酩酊大醉
把鹅颈项浸入武林湖水
交换了静脉和动脉的沙丁鱼
一根火柴支起你相当高的经历
矫健而优美的往事经过你的黑
袅袅升在我的身体　相思的蒙太奇
倾倒诗中巨大风筝的雨

11

你的手镯真是美丽　镶着星辰
弯弯的闪光像鸟展开的翅翼
嵌着五光十色的经历
平悬在朝阳怒发的红光里

山风垂野云徘徊　酒尽壶也醉
驶过天空的闲云　我头额清欲
有谁卧听半山诗　过时牡丹曾荟萃
已是昨夜迟　相思无闰岁

一段风笛唤起我富态的回忆
强寻残梦　苍茫苦难成
用一生寻找一种欲望的远景
烟迷芳草　沉默正趋向于更为纯净
期待佛法的莲台进入我的天空
火狐向更高处潜行
两个人之间是世界的寂静
我感受到的冬天　比你的冬天要冷

一种漫延的晨露　流水枝桐
接着你是一条蛇　插图我的莲蓬
弧光遂电镀　治愈我物性的枯萎程度
山杏卷湿翠　我的词语穿山越岭
退暮的爱羁绊到冰雪消融
情色何其渺小　年来只有追欢梦
野火也烧不尽你柔软的波动
告别酒　浓烈得没有了年龄

12

一树杏花　铺开惹眼的翠绿
护城河满脸皱纹地望着琐碎的黄昏
你虚构的秋天也带着荣耀归来
拂柳引蝶　目光缠绵在水里
爱情的高度被键盘修改
夕阳踏上久违的香山
红叶盗版了天空的红豆
奇异的芬芳自夜色中降落

是谁轻舒漫卷冷艳开放的佛心
荷塘涟漪时节　振翅欲飞
就让时间来凝练岁月的体验
不可逾越的醇香　懵懂的目光
一场露水姻缘把爱悄悄掩藏
词语就成了光的尾巴
古老的爱情在萧瑟中翻唱
一抹婉约的衬景藏于黑夜的内心

玫瑰与美酒潜入你芳香的腹地

风就成了醒来的月季

我想着你的前生和影子的泪花

像一大片雾　模糊着树干上的伤痕

黄昏宽大　悄悄地逝去

惊动的露珠和那只做梦的乌鸦伴侣

大面积掌纹开始记忆　稍不留神就越过藩篱

我会和那些垂柳一样　静静等你

跋

我常常听到我这个年纪的同学因为背诵诗而焦头烂额，气急之下声称诗词只是无病呻吟，是诗人闲来无事的矫揉造作；语文阅读分析的过度解读中，我们也常常怀疑：这真的是作者所思所想吗？作者真的会有这么复杂的感情吗？甚至有时我们觉得，诗人是故意写出看似毫无关联的意象，只为凸显朦胧与神秘。原先我也像大多数孩子一样如此揣测，但也许因为我父亲恰巧是一位诗者，所以我便对此有了别样的看法。

人类的感情本就复杂，诗人则更为多愁善感。我父亲劝我不要成为一个诗人，“写诗的人容易抑郁，可能会产生轻生的念头。”这是他的原话。他们不会放过自己任何细小的情绪，不仅要尽力捕捉，还要将它们平铺开来，完整地展现在自己的脑海中。我们很多时候难以发现的，抑或不愿意面对而刻意掩盖的，在他们这里，都必须无所遁形。所以痛苦感是没有办法避免的，他们的世界里真的藏了这么这么多念头与想法，一注意到什么，即使是最普通的东西，也能够触景生情。

诗人从来不会为自己的作品进行事无巨细的解读，所以很多时候我们要从他们的经历来进行推测，因为人若没有所看，也很难有所感。诗词是诗人展现心灵的窗口，是他们表达自我的一种途径，在众多诗词当中，诗人心中的世界也会渐渐浮出水面。而我们都骄傲地认为，自己的世界是不需要向任何人解释的，诗人亦是如此。若有人能够读懂，那便是心有灵犀，要感叹一声缘分的奇妙；若旁人百思不解，也不懊恼，只摆摆手、一笑而过。没有本尊的解读也未必是件麻烦事，因为没有作者的一锤定音，这一首首诗反而增添了更多可能性。读者从不同的角度，可以得到仅符合自己境遇的感悟，从而提升自己的境界。

诗者并不是我父亲唯一的身份，他同时还是一位逻辑清晰、能言善辩的律师。这两者看起来似乎有很大反差，很难想象，他的理性与感性并道而驰，却没有彼此牵绊，反而使他刚柔并济，更加优秀强大。作诗应当是他最珍贵的闲情逸致，在快节奏的工作生活中，反而用温柔的方式记下这一路走来的足迹，步步生花。他走遍天下，把每个地方具有特殊意义的建筑与景物都串成优美的弧线，赋予它们独一无二的情感，生命中的点滴色彩就这样被记录在纸上、镌刻在心中。

为什么诗词歌赋从中国古代能够一直延传至今，不仅是因为它们在中华传统文化中占据重要的一支，同样也是因为有无数传承者的前仆后继和读者根深蒂固的对中华文化的欣赏。现在我们强调对于文化不仅要学习、发扬，而且要赋予它们新的时代内涵，让中华文化永远伫立在世界文化之林。我们对于所有为丰富文化做出贡献的人表示尊重与肯定，我很庆幸我父亲也是其中的一员。

代为跋！

赵湉